BASTEI
LÜBBE

Elisabeth Castonier

Noella

BASTEI
LÜBBE

BASTEI-LÜBBE-TASCHENBUCH
Band 10 439

Lizenzausgabe: Gustav Lübbe Verlag GmbH, Bergisch Gladbach
Printed in Western Germany 1984
Einbandgestaltung: Manfred Peters
Titelbild: Artreference
Satz: ICS Computersatz GmbH, Bergisch Gladbach
Herstellung: Ebner Ulm
ISBN 3-404-10439-0

Für Heinz Hilpert

Rechtsanwalt und Notar Clover legte die zerknitterten, pergamentfarbenen Fingerspitzen sorgfältig gegeneinander und blickte auf seine Klientin.

Vor ihm lag ein Aktenbündel, dessen oberste Schicht den Nachlaß von Charles Cullins betraf, den er eben mit seiner Witwe, Noella, besprochen hatte.

Rechts und links vor ihm auf dem schweren Schreibtisch häuften sich andere vergilbte Akten, die die Vorfahren von Mrs. Cullins betrafen und von der Firma Clover & Clover verwaltet wurden. Sie reichten bis in das Jahr 1815 zurück. Seit dieser Zeit hatte stets ein Rechtsanwalt und Notar Clover einem Mitglied der Lawsonschen Familie in demselben halbdunklen Zimmer mit den holzgetäfelten Wänden gegenübergesessen, umgeben von Bücherregalen, die Akten und Nachschlagebücher enthielten. Der einzige Schmuck dieses Zimmers war immer nur das Bildnis des jeweiligen Monarchen. Augenblicklich hing dort, in schmalem Eichenrahmen, die vergrößerte, kolorierte Fotografie von George V. und Königin Mary, im starren ikonengleichen Krönungsgewand.

Zu Beginn der geschäftlichen Beziehungen zwischen der Firma Clover & Clover und den Lawsons drehten sich die Beratungen meist um die Verwaltung des Landsitzes, vor allem aber um die finanziell, recht beträchtlichen Resultate des Sklavenhandels, der den Reichtum dieser und anderer englischer Familien begründet hatte.

Seit einem halben Jahrhundert jedoch war Sklavenhandel kein salonfähiger Gelderwerb. Man legte sein Geld jetzt ebenso vorteilhaft in afrikanischen Gold- und Kupfergruben an und in Diamantensuche, bei denen die Eingeborenen im eigenen Lande diskreter ausgebeutet werden konnten als Exportsklaven.

Noella Cullins, geborene Lawson, saß sehr aufrecht im uralten Lehnstuhl mit dem breiten, abgeschabten schwarzen Lederpolster und den soliden Lederknöpfen, der traditionsgemäß vor dem Schreibtisch stehen mußte, die breiten Löwentatzen aus sorgfältig poliertem Mahagoni genau auf jene vier kahlen Stellen im Teppich gekrallt, die sie im Lauf der Jahrzehnte dort eingewetzt hatten.

Clover schöpfte tief Atem und sagte:

»Mit der Hinterlassenschaft von Ihrem Herrn Vater und der Hinterlassenschaft von Mr. Cullins, alles sicher und gut angelegt und unerschütterlich wie das Britische Imperium –«, er lächelte flüchtig, »– alles in allem ein Kapital von über eine Million Pfund, Madam. Ein sehr angenehmes Kapital.«

Er hielt inne, wartete auf Antwort und malte

mechanisch das Datum des heutigen Tages auf das Cullinssche Testament, um es dann sorgfältig mit Sand zu bestreuen.

»18. Mai 1913.«

Charles Cullins war kein sympathischer Mann und sicherlich ein unangenehmer, tyrannischer Ehemann gewesen. Eitel, geizig, geldgierig – aber ein guter Botschafter Seiner Majestät in vielen Ländern der Erde. Warum man die schöne junge Noella Lawson seinerzeit mit ihm verheiratet hatte, war stets ein Rätsel für ihn gewesen.

Clover wies seine unfreundlichen Gedanken zurück:

De mortuis nil nisi bene.

»Wie erwähnt, ein recht angenehmes Vermögen, Madam«, wiederholte er mit diskret gedämpfter Stimme, denn Charles Cullins war erst vor wenigen Wochen gestorben, und er wollte seine Teilnahme ausdrücken, wenn auch nicht in Worten, so doch wenigstens im Ton, obwohl es ihm auffiel, daß Mrs. Cullins keine Trauerkleidung trug, sondern ein duftiges lichtblaues Sommerkleid mit kleinen bunten Blumen.

Sie sollte eigentlich tiefe Trauer tragen, dachte er. Zu meiner Zeit trauerte man über ein Jahr – und wenn ich an Königin Viktoria denke, die ihren Gatten ein Menschenalter betrauerte . . .

Noella Cullins blickte über seine schmächtigen Schultern hinweg in den ovalen Spiegel über dem Kamin, in dessen verräucherter dunkler

Höhle wie stets im Frühling und Sommer statt des bescheidenen Kohlenfeuers ein Strauß verblaßter Kunstblumen stand.
Clover könnte sich wirklich frische Blumen leisten, die Blumen-Nelly sitzt doch jeden Tag auf der anderen Straßenseite, dachte sie, während sie ihr Spiegelbild musterte.
Nicht übel für ein wenig jenseits der Vierzig. Etwas müde um die Augen herum. Der Hals könnte straffer sein. Aber das spielt keine Rolle. Man liest jetzt so viel über die Tragik der Frau von Vierzig. Als ob sie in diesem Alter vor einem Abgrund stünde. Was mich betrifft, so stehe ich vor keinem Abgrund, sondern vor einem Abenteuer. Oder soll ich es Romanze nennen? Nein, Romanze ist falsch. Zu einer Romanze gehört ein Mann und wirkliche Liebe – von ihr habe ich nur gelesen.
»Also ganz einfach nur Abenteuer«, sagte sie halblaut und lächelte dem Abenteuer entgegen.
»Verzeihung, Madam, was sagten Sie?« erkundigte sich Clover vorsichtig, damit beschäftigt, das kurze Testament noch einmal zu überfliegen. Er hielt es für angebracht, die Stille zu unterbrechen. Die Standuhr schlug gerade elf Uhr. Um diese Zeit mußte er seine Tasse Tee trinken, um bis zum Lunch frisch zu sein.
»Man könnte etliche Wertpapiere verkaufen und besser anlegen. Ich meine natürlich nur Papiere, die keinerlei Risiko bedeuten. Aber die Zeiten

sind besonders günstig. Die Welt ist ruhig, bis auf die chronischen kleinen Aufstände in Ländern, die man kaum auf einer Karte finden kann. Zwar sind die Gerüchte vom Kontinent her nicht gerade erfreulich. Aber ich glaube nicht, daß die Drohreden des Enkels unserer geliebten verblichenen Königin Viktoria eine Gefahr bedeuten. Auch wenn er in der letzten Zeit häufiger erwähnt, daß sein Schwert in der Scheide rostet.«

Noella Cullins kehrte von ihrer Träumerei in die Wirklichkeit zurück und sagte leichthin:

»Ein Parlamentsmitglied hat dem aufgeregten Willy bereits ein gutes Putzmittel für sein rostiges Schwert geschickt. Ich glaube, das ist die beste Behandlungsmethode für solche Fälle.«

Und als Clover sie erstaunt anblickte, fügte sie hinzu:

»Was den Kauf anderer Wertpapiere betrifft, möchte ich alles genauso lassen, wie es bisher war. Es ist sowieso zuviel für mich. Was soll ich mit dem Geld anfangen? Ich habe keine Familie, nur entfernte Verwandte, die wohlhabend sind und mit denen ich kaum Kontakt habe. Ich schicke Ihnen in den nächsten Tagen eine Liste von Wohltätigkeitsvereinen, die sich immer an mich wenden und denen ich zu meinen Lebzeiten etwas schenken will.«

»Ein überaus großzügiger Plan, Madam.«

Sie lächelte – und dieses Lächeln ließ ihr Gesicht seltsam jung erscheinen. Er entsann sich des

Tages, an dem sie, kaum sechzehnjährig, mit ihren Eltern zu ihm gekommen war, um den Heiratsvertrag zwischen ihr und dem fünfzehn Jahre älteren Charles Cullins aufzusetzen, schön, zart, schüchtern.

»Sie irren sich, Clover – es ist keine Großzügigkeit, ich will mich mit einer einmaligen Schenkung von allen Bazaren, Bettelbriefen und Sammelbüchsen loskaufen, unter der Bedingung, daß man mich auf meinem neuen Wohnsitz nicht mehr belästigt. Meine gesamte Korrespondenz, geschäftlich wie privat, wird künftighin über Ihr Büro gehen, und Sie senden mir nur hin und wieder Privatbriefe.«

Er erkundigte sich vorsichtig, um zwar Interesse zu zeigen, aber keine Neugier vermuten zu lassen:

»Sie beabsichtigen Ihren Londoner Wohnsitz aufzugeben, Madam?«

»Ja, London *und* Lawson Hall.«

Er starrte sie fassungslos an, dachte an das Schloß in Nordengland, an den Park, der zu den Sehenswürdigkeiten des Inselreiches gehörte und nur einmal im Jahr zu wohltätigen Zwecken für hohes Eintrittsgeld vom Publikum besichtigt werden durfte.

»Lawson Hall, Madam? Lawson Hall ist doch seit Jahrhunderten in der Familie –«, seine dürren Finger griffen zielsicher nach einem der neben ihm liegenden Aktendeckel, blätterten hastig, er räusperte sich, fand was er suchte, sagte erleichtert: »– Lawson Hall wurde 1421 von König Heinrich VI. Ritter Albert Lawson geschenkt.«

»Das ist kein Grund, es für alle Zeiten behalten zu müssen, wenn man es doch nicht bewohnen will. Ich habe andere Pläne. Ich glaube, wir legen manchmal etwas zuviel Wert auf Tradition, Clover.«

Clover war so bestürzt, daß er bloß schweigend wieder und wieder das Datum des heutigen Tages und Jahres zu kritzeln vermochte, immer eine Zahl unter der anderen, auf das dunkelgrüne Löschblatt. Aber er war zu erregt, um Sand darüber zu streuen.

Welche seltsame Veränderung war in Mrs. Cullins vorgegangen? Sie hatte bereits mehrmals während ihres Gespräches befremdliche, unweibliche Ansichten in einem so bestimmten Ton geäußert, der im Gegensatz zu ihrem früheren Wesen stand, das scheu, fast ängstlich gewesen war.

Sollte sie etwa – Clover wagte kaum, diesen Verdacht in Gedanken zu erwägen –, war sie seelischer Vergiftung zum Opfer gefallen, sollte sie unter dem Einfluß von Suffragetten stehen, die gleiches Recht für beide Geschlechter und außerdem noch das Wahlrecht für Frauen forderte – diesen hysterischen Frauen, die sich auf Rennplätzen vor die Hufe der Pferde warfen, sich in Kirchen und öffentlichen Plätzen anketten lie-

ßen, Fensterscheiben einwarfen und Parlamentsmitglieder belästigten?
»Tradition ist das Fundament unseres Imperiums und unserer Lebensweise, Madam. Der Bau dieses mächtigen Gebäudes wäre undenkbar, wenn er nicht auf einer bestimmten Weltanschauung begründet wäre –«, Clover holte tief Atem, fügte gemessen, belehrend hinzu: »– genauso wie unsere Beziehungen zu unseren Klienten auf einem traditionellen Interesse beruhen. Wir beraten nicht nur nach bestem Wissen und Gewissen, wir nehmen auch Anteil an ihrem Schicksal und ihren Plänen. Ich bitte Sie daher, es nicht als indiskrete Einmischung aufzufassen, wenn ich mich nach Ihren Plänen erkundige, Madam.« Er hielt etwas atemlos inne und dachte: Was soll ich tun, wenn sie wirklich zu dieser Frauengruppe gehört? Es wäre das erste Mal, daß meine Firma mit dieser Art Frauen in Berührung kommt. Ich müßte allenfalls überlegen, ob ich ihre Interessenvertretung nicht doch niederlegen sollte.
Mrs. Cullins nahm keine Notiz von seinem Schweigen, noch schien sie sein bestürztes Gesicht, seine erschrockenen Augen über dem Brillenrand zu sehen.
Sie stand auf, warf die kurze Schleppe ihres Kleides mit einer raschen Fußbewegung zurück, ging zum Fenster und blickte auf die Straße:
»Ich beabsichtige, die Insel Grey zu kaufen, Clover.«

Im Zimmer hinter ihr blieb alles so still, als ob sie allein wäre.
Ihre Equipage stand unten, vor der Haustür, hellblau ausgeschlagen, Diener und Kutscher in der stadtbekannten hellblauen Livree, mit silbernen Schnüren und dunkelblauen Zylinderhüten. Auf dem Rücksitz saß ihre junge Zofe, Sally, im schwarzen Umhang, mit schwarzem Kapotthütchen und sorgfältig unter dem Kinn gebundener breiter Seidenschleife, wie sie die weiblichen Angestellten großer Häuser tragen mußten.
Ein junger Bursche radelte vorüber und pfiff ein Lied, das jetzt aus allen Kammern und Küchen schrillte – zuweilen sogar auch, jedoch gedämpft und nur zu vorgerückter Stunde, aus den Salons: *»Komm in den Garten, Maud . . .«*
Ein Lumpenhändler schob seinen Karren vorüber und rief mit heiserer Stimme im Singsangton nach alten Kleidern, Knochen, Metall, während die Blumen-Nelly, durch ihren großen Schutenhut vor der blassen Frühlingssonne geschützt, den Vorübergehenden ihre kleinen Sträuße bittend entgegenhielt.
Der Straßenkehrer mit dem mittelalterlichen, breitkrempigen Rembrandthut schob fürsorglich Pferdeäpfel und Staub zusammen, warf alles in seinen Karren.
Vom Hyde Park her drang der bittersüße Geruch von frisch gemähtem Gras, frühlingsfrischer Erde und den ersten Rosen.

Man müßte jemand sehr lieben und sehr geliebt sein, dachte sie und wandte sich um, dem fassungslosen Clover zu, der eifrig seine Brille putzte, abnahm und wieder putzte. Ihre Stundenglasgestalt mit der enggeschnürten Taille, der hochgeschnürten Brust unter dem enganliegenden Oberteil des Kleides, dem langen Rock stand wie ein lebendes Bild im dunklen Fensterrahmen, umrissen von der Mittagssonne. Ihr schmales blasses Gesicht mit den weiten, ein wenig schräg stehenden grüngrauen Augen war ihm beobachtend zugewandt, mit einem leisen Lächeln, das er nicht bemerkte, denn er hatte sich erhoben, wanderte gemessen um den Schreibtisch und rückte gewohnheitsmäßig, mit zitternden Händen, die vier Löwentatzen des Stuhles wieder auf ihre kahlgewetzten Stellen. »Ich kann nicht glauben, daß dies Ihr Ernst ist, Madam. Die Grey-Insel ist die am meisten exponierte Kanalinsel. Nahe dem Atlantischen Ozean. Den schwersten Stürmen ausgesetzt. Das Schloß, der Park sind völlig verwahrlost. Ich weiß zufällig über dies Objekt genau Bescheid, weil ein Klient sich dafür interessierte. Wir sandten einen Sachverständigen dorthin. Sein Urteil und die persönliche Besichtigung unseres Klienten führten zu einem negativen Ergebnis. Lord Clarence hat Insel und Schloß nicht ohne zwingende Gründe aufgegeben – aufgeben müssen –« »Ich weiß, Clover, ich weiß, Spielschulden«, unterbrach sie ihn ungeduldig.

Der hellrosa Strohhut mit den hellrosa Straußenfedern schwebte leise zitternd auf ihrem blonden Haar.

»Nicht nur Spielschulden, Madam. Es handelte sich um unverhältnismäßig hohe Kosten, die mit der Erhaltung und dringend notwendigen Reparaturen verbunden sind, die Lord Clarence weder aufbringen konnte noch aufbringen wollte, da es das Objekt in seinem jetzigen Zustand nicht wert war – der Wert selbst ist natürlich beträchtlich gesunken –«

»Deswegen ist es ein Gelegenheitskauf«, unterbrach sie ihn.

Aber Clover war jetzt ganz Anwalt und Notar und fuhr unbeirrt in trockenem Ton, mit erhobener Stimme fort, als stünde er vor Gericht:

»Die dortige Töpferei, früher ein blühender, von den Dorfbewohnern betriebener Erwerbszweig, ist eingestellt worden, die meisten Bewohner sind abgewandert, um auf dem Festland ihren Unterhalt zu verdienen, da Lord Clarence sich weigerte, ihre Wohnhäuser instand setzen zu lassen, was zu seinen Pflichten als Herr der Insel gehörte. Diese Bewohner, Mylord –«, er verbesserte sich rasch, »– Madam, diese Bewohner waren seine Angestellten, ob und wie viele noch dort wohnen, ist mir nicht bekannt. Was nun die Insel betrifft, so ist sie oft wochenlang im Winter von der Außenwelt isoliert. Es ist kein geeigneter Wohnsitz für eine alleinstehende, schutzlose

Dame. Vorräte können nur hinübergebracht werden, wenn die Witterung es zuläßt. Ich halte es für meine Pflicht, Ihnen dringend von Ihrem Plan abzuraten. Der Augenschein wird Sie wahrscheinlich überzeugen, daß ich –«

»All dies schreckt mich nicht ab. Im Gegenteil, es lockt mich. Und was der Agent mir schreibt, klingt zauberhaft.« Sie zog einen Brief aus ihrer Handtasche: »Die Insel Grey, sechs Meilen lang, drei Meilen breit, gehört zu einer der schönsten Inseln an der Südküste Großbritanniens. Das geräumige Schloß enthält neunundvierzig Zimmer, Nebengebäude und Stallungen, Schloßkapelle mit guterhaltenem Chorgestühl. Postamt und Einkaufsgelegenheit im Dorf vorhanden. Dampferverbindung. Wertvoller Waldbestand, eigener Süßwassersee mit Bootshaus. Das Schloß selbst bedarf einiger Reparaturen und ist erst kürzlich unter Denkmalschutz gestellt worden.« Sie hielt inne, denn Clover tat etwas, was sie noch nie an ihm gesehen hatte: er lachte, leise, höhnisch und kurz:

»Es liegt im Interesse jedes Häuseragenten, sein Verkaufsobjekt anzupreisen und Nachteile geschickt zu übergehen, Madam.«

»Aber Clover, bedenken Sie – eine ganze Insel mit Schloß und Postamt und eigenem See kostet nur fünfzigtausend Pfund.«

Noella Cullins neigte den Kopf vorsichtig ein wenig zurück, um das Gleichgewicht des großen

Hutes nicht zu stören, und blickte zu der rußgeschwärzten Decke empor, als sähe sie dort die Insel Grey.
»Es klingt wie etwas, das ich mir als Kind gewünscht und oft gespielt habe. Meine Insel hieß ›Irgendwo‹ und war der Badezimmerhokker, den ich in die Wanne stellte. Dann kletterte ich auf ihn, ließ das Wasser einlaufen und bildete mir ein, der Hocker stünde im Ozean. Es war natürlich ein streng verbotenes Spiel, wie alle wirklich schönen Spiele – früher und auch später . . .« Sie lächelte ihrer Trauminsel nach.
Clover blickte sie ratlos an.
Wie kam diese bestürzend schöne Frau auf diese – hm – doch recht abwegige Idee?
Warum wollte sie sich zurückziehen?
Wollte sie sich etwa dort verstecken?
Sollte vielleicht ein Mann – wieder wehrte er einen unsachlichen Gedanken ab und sagte gemessen:
»Die Wünsche und Spiele eines Kindes und die Realitäten des Lebens sind zweierlei Dinge, Madam – bedenken Sie die Einsamkeit der Winterabende, die Stürme, die Unmöglichkeit, Besucher zu empfangen und auch – hm – sie zu einem bestimmten Termin wieder abreisen zu sehen.«
Sie blickte das dürre alte Männchen im schwarzen Rock an, dessen Ärmel sorgfältig mit schwarzem Leder eingefaßt waren, blickte in das faltige,

elfenbeinfarbige Gesicht, die fahlen, müden Augen hinter der halbmondförmigen Brille, dies alte Männchen, von dem sie nichts wußte, als daß es Paragraphen mechanisch zu zitieren vermochte, und sagte mitleidig, als spräche sie zu einem Kranken:

»Aber all das habe ich mir ja gerade gewünscht, Clover, mein ganzes Leben lang gewünscht. Eine Insel, auf der ich ungestört leben kann, ohne irgendeine Zeiteinteilung einhalten zu müssen, ohne daß jeder Tag, jede Stunde mit Verpflichtungen ausgefüllt ist. Ich kann jetzt meinen Kindertraum und alle meine Kinderspiele verwirklichen, wenn auch etwas spät, vielleicht, vielleicht noch nicht zu spät, um sie zu genießen. Haben Sie nie davon gehört, daß die Luftschlösser des Gehirns die Paläste auf Erden bauen, Clover?«

»Ich kann Sie nur immer wieder darauf aufmerksam machen, daß die harte Realität des Lebens, die Wirklichkeit, und die Erfüllung eines Wunsches zweierlei Dinge sind, Madam«, sagte er unsicher.

Wieder überhörte sie seinen Einwand, sagte halblaut, als spräche sie zu der Außenwelt, zum Frühlingsduft, der in das kühlfeuchte, modrig riechende Zimmer drang:

»– und dann ist endlich Schluß mit Dinners und Empfängen. Schluß mit dem verbindlichen Lächelnmüssen, hinter dem sich nicht Freude, nur Zwang verbirgt. Schluß mit dem Hände-

druck und den üblichen Phrasen. Schluß mit dem Pflanzen armer kleiner Bäume irgendwo in Indien oder Spanien oder Frankreich, im Namen Seiner Majestät – und die dann doch eingehen. Schluß mit dem Überreichen von Diplomen an Krankenschwestern. Schluß mit dem Besuch und Eröffnen von Kinderheimen, dem huldvollen Berühren fremder Kinderwangen und der traditionellen Frage nach dem Alter. Schluß mit den offiziellen Bällen, auf denen man als Botschaftersfrau mit den ältesten Männern tanzen muß statt mit einem jungen, guten Tänzer – Cullins war übrigens kein schlechter Tänzer –«, sie unterbrach sich, blickte Clover an, der wieder hektisch begonnen hatte, das heutige Datum auf einen Zettel zu kritzeln, »– ich liebe mein Land und meinen König, aber ich habe beiden ein Vierteljahrhundert gedient, so gut ich es vermochte. Jetzt – fallen diese Verpflichtungen fort. Jetzt kann ich mein eigenes Leben leben und unbegrenzten Urlaub nehmen, von einer Welt und einem Leben, in das man mich hineingestellt hat, ohne mich zu fragen, weil es ›gut für mich wäre‹, einer Welt, in die ich niemals hineinwuchs, sondern in die ich immer nur von der Peripherie aus hineinblickte.«
»Dies wäre kein Grund, ein Objekt erwerben zu wollen, das seit Jahren vergeblich angeboten worden ist. Es gibt an der Riviera angenehme

Orte, wo eine alleinstehende Dame ruhig leben kann.«

»Die Riviera ist wie eine englische Kolonie – ich habe in den Kolonien gelebt, ich weiß Bescheid: Bridge-Parties, Tee-Parties, Dinner-Parties – Klatsch . . .«

»Ich bin überzeugt, daß Sie von Ihrem Plan Abstand nehmen werden, wenn Sie das Objekt sehen, Madam«, wiederholte er.

Sie sagte in heiter-bestimmtem Ton:

»Die Verkaufsverträge für Lawson Hall und mein Londoner Haus beaufsichtigen Sie – und der Kaufvertrag für meinen Alterssitz, mein Eventide-Home, geht natürlich auch über Ihr Büro, wenn ich mich definitiv entschlossen habe.«

Clover setzte noch einmal an:

»Ich hoffe, daß Sie Ihren Entschluß nicht zur Ausführung bringen, Madam – und was die Bezeichnung für Ihren – hm – eventuellen Wohnsitz betrifft, so darf ich mir die Bemerkung erlauben, daß Sie zu jung für ein Einsiedlerleben sind.«

»Es wird vielleicht einsam sein – aber zwischen Einsamkeit und Langeweile besteht ein großer Unterschied. Ich werde vielleicht etwas insularer leben als meine insularen Landsleute. Wir sind ja eine Nation, die Insularität kultiviert. Ich schließe mich diesem Kult an, weiter nichts. Hören Sie bloß zu, Clover: Die Grey-Insel mit dem historischen Schloß, erbaut um 1400, gehört zu den

Sehenswürdigkeiten des Landes. Mit dem Festland verbunden – das ist falsch, denn Großbritannien ist ebenfalls eine Insel, nur eben größer –, verbunden durch regelmäßigen Dampferverkehr –«
»Dies entspricht auch nicht den Tatsachen, der Dampferverkehr wurde eingestellt, nachdem Lord Clarence die wertvolle Bildersammlung mit alten Meistern versteigern lassen *mußte* – und sind neunundvierzig Zimmer nicht etwas zuviel für eine Person, Madam?«
»Ein kleineres Gebäude wäre mir lieber. Aber das Schloß steht nun einmal auf der Insel – und warum soll ich es nicht benützen? Sie erledigen also alle notwendigen Formalitäten für mich, nicht wahr?«
Sie machte eine abschließende Geste.
»Selbstverständlich, Madam.«
Er hätte gern hinzugefügt, ob sie nicht lieber einen anderen, jüngeren Anwalt nehmen wollte – aber die traditionelle Nachfolge des Dienstes an allen Lawsons ließ ihn schweigen, und so sagte er bloß noch einmal:
»Selbstverständlich, Madam.«
Sie ging langsam zur Tür, die er mit einer Verbeugung für sie öffnete, blieb stehen, fügte hinzu:
»Ich fahre morgen zur Besichtigung. Lassen Sie mir nur gelegentlich persönliche Briefe zugehen, falls ich mich zum Kauf entschließe – offiziell bin ich auf Reisen.«

Ihr seidenes Kleid raschelte durch den schmalen Korridor, in dem es nach Tee, angebranntem Toast, Staub und Feuchtigkeit roch, die steile, knarrende Treppe hinunter, zur offenen Haustür, neben der ein golden leuchtendes Kupferschild verkündete:

CLOVER & CLOVER RECHTSANWÄLTE UND NOTARE
gegründet 1798

Ein Omnibus, gezogen von drei Schimmeln, ratterte vorüber. Herren in dunklen Anzügen und dunklen steifen Hüten saßen auf dem offenen Oberdeck, die Hände über sorgfältig gerollten Regenschirmen gefaltet.
Ein hochrädriges Automobil folgte, in dem ein bebrillter Herr am steil zwischen seinen Knien aufragenden Steuer saß, eine tiefverschleierte bebrillte Dame neben sich. Der blecherne Lärm, die blauen Rauchschwaden erregten das Pferd von einem aus entgegengesetzter Richtung kommenden Hansomcab, dessen Kutscher vergeblich von seinem hohen Sitz an der Rückwand des zweirädrigen Gefährts es wieder in seine Gewalt zu bekommen versuchte.
Kleine Staubwolken zogen tanzend die Straße entlang, die Blumen-Nelly rief mit heiserer Stimme:
»Kauft Frühlingsblumen, *Ladies and Gentlemen*, kauft Frühlingsblumen!«

»London wird unerträglich laut«, bemerkte Noella Cullins.
»Ja, der Verkehr nimmt erschreckend zu, Madam. Man darf nur hoffen, daß diese mechanischen Ungeheuer bald wieder von der Bildfläche verschwinden.«
Clover verbeugte sich noch einmal und überließ seine Klientin jetzt ihrem Diener, der ihr beim Einsteigen behilflich war und, zusammen mit der Zofe, sorgfältig eine blaue Wolldecke über ihre Knie breitete.
»Durch den Park nach Hause«, befahl sie dem Kutscher und öffnete ihren rosa Sonnenschirm mit den zarten rosa Spitzenrändern.
Clover blickte dem Gefährt nach.
Mrs. Cullins war heute völlig anders als sonst gewesen.
Sie ist wahrscheinlich doch eine – er erschrak, schloß hastig die Haustür, als könnte er damit das Wort, den Begriff Suffragette endgültig ausschließen.
Wenn Frauen sich erst einmal in Männerberufe mischen würden – wieder vermochte der zutiefst beunruhigte, erschöpfte Clover nicht, die Folgen auszudenken.
»Meinen Tee, Margret«, rief er, oben angelangt, atemlos aus und griff nach der bereitgehaltenen Tasse wie ein Ertrinkender nach dem Rettungsring.

Der Vertreter des Häuseragenten erwartete sie auf dem Bahnsteig der kleinen Hafenstadt und stellte sich als Mr. Smith vor.
Er war ein langer, dürrer Mann unbestimmbaren Alters, mit einem schön geformten Kopf, melancholischen dunklen Augen und schmalem Mund. Er trug eine prallgefüllte Aktentasche unter dem Arm und begann sogleich ein Wettergespräch, während sie dem Ausgang zuschritten, gefolgt von Sally, die den Picknickkorb trug.
»Das Meer ist heute so ruhig wie der Binnensee auf der Insel Grey. Die Wettervorhersage ist gut, wir dürfen mit einem schönen Tag für die Besichtigung rechnen.« Mr. Smith blieb dicht neben ihr, als fürchtete er, sie könne umkehren. »Der Wagen steht bereit.« Mrs. Cullins blieb prüfend vor dem alten Gefährt stehen, besichtigte die Pferde und bemerkte sehr höflich:
»Ihre Pferde brauchen mehr Hafer, guter Mann.«
Der Kutscher zog seinen struppigen Zylinder, behielt ihn in der Hand, während sie einstieg, und erwiderte leise:
»Der Haferpreis ist erst kürzlich wieder gestiegen, Madam. Die Saison fängt leider erst in zwei Monaten an – und dauert dann nur höchstens

bis Anfang September. Wenn die schweren Stürme beginnen, reist alles ab, Madam.«
Mr. Smith fiel ihm hastig ins Wort:
»Zum kleinen Hafen, erster Landungssteg.«
Eine leichte Brise wehte ihnen entgegen, als sie nach kurzer Fahrt zwischen alten Häusern das Meer erblickten. Es roch nach Tang, Teer, Fisch und stagnierendem Wasser. Auf dem Strand, über dessen Eingang ›Damenbad, Herren Eintritt untersagt‹ stand, wurden die Badekarren hellgrün gestrichen.
Eine kleines Motorboot wippte sanft, wenige Schritte entfernt, am Landesteg. Zwei junge Burschen ließen die nackten Füße vom Bootsrand ins Wasser hängen, halfen dann beim Einsteigen und warfen den Motor an. Es dauerte etwas, bis er laut knatternd, in harten Stößen das Boot erschütternd, ansprang.
»Ist das der regelmäßige Dampferverkehr, den Sie in Ihrem Schreiben erwähnten?« erkundigte sie sich höflich.
Mr. Smith rückte unruhig auf seinem Sitz hin und her:
»Um diese Zeit ist es hier immer etwas ruhig. Wenn die Saison beginnt, wird es recht lebendig. Strandtheater, Konzerte, Wettbewerbe«, erwiderte er ausweichend und lächelte Sally zu, die still, blaß und bescheiden abseits saß, die Hände unter ihrem schwarzen Umhang gefaltet, damit sie unbemerkt beten konnte, von Übelkeit zum

zweiten Mal an diesem Tag verschont zu werden, denn auch die Eisenbahnfahrt war ihr nicht bekommen.

»Sie haben sich ein außergewöhnlich interessantes Objekt ausgesucht, Madam. Die Insel ist eine der schönsten Kanalinseln. Das Schloß von historischem Interesse, eine Kapelle mit guterhaltenem, sehenswertem Chorgestühl . . .«

»Trotzdem ist sie seit drei Jahren vergeblich zum Verkauf angeboten worden, Mr. Smith.«

Er erschrak.

Würde diese Fahrt auch wieder erfolglos verlaufen?

In seiner Aktenmappe trug er ja nicht nur alle Dokumente über die Insel und Schloß, sondern auch sein eigenes Schicksal. Seit drei Jahren hatte er vergeblich versucht, die Verkaufskommission zu erarbeiten. Er wußte, daß er vielleicht noch einige Jahre länger für seine Firma würde arbeiten dürfen, wenn es ihm gelingen sollte, lästige Objekte wie diese aus den Büchern zu entfernen, in denen die unverkauften Häuser und Grundstücke in Rot eingetragen waren.

»Nicht jedermann besitzt außergewöhnlichen Geschmack und Sinn für Schönheit, Naturliebe *und* die notwendigen Mittel, einen derartigen Besitz zu erwerben.« Er warf wieder einen raschen Blick in ein Papierbündel, zitierte dann geläufig, im Ton eines Fremdenführers:

»Die Insel Grey wurde von den sogenannten

Grauen Mönchen bewohnt, die um das Jahr eintausendzweihundertundsiebzehn von Frankreich gekommen waren und die Grundmauern zu einem Kloster legten, auf dem Jahrhunderte später Schloß Clarence erbaut wurde, nachdem die Mönche die Insel wieder verlassen hatten. Im sogenannten Roten Zimmer verbrachte Königin Elizabeth zwei Nächte, als die Spanische Armada geschlagen war.«

Mrs. Cullins sagte sehr höflich, im Konversationston:

»Es gibt wohl kein Schloß, in dem Elizabeth oder Heinrich VIII. nicht geschlafen haben sollen.«

»Ein Lord Clarence hat vor hundert Jahren sein neugeborenes Kind lebend ins Kaminfeuer geworfen. Seitdem weint es um Mitternacht, Madam«, warf der Bursche am Steuer ein.

Mr. Smith runzelte die Stirn und nahm sich vor, die jungen Leute zu ermahnen, keinerlei Schauergeschichten zu erwähnen, falls er wieder einen Interessenten herüberbringen sollte.

»Jedes Gebäude hat seine Legenden, das gehört sozusagen zur Tradition«, sagte er mit überlegenem Lächeln.

»Es ist aber wirklich lebendig verbrannt worden, Sir. Meine Mutter und meine Großmutter haben es selbst weinen gehört, Sir«, beharrte der junge Steuermann.

Es war eine gelegene, wenn auch nicht ange-

nehme Ablenkung, daß Sally, sehr blaß, mit tiefen dunklen Schatten unter den Augen, leise sagte:
»Verzeihung, Madam –«, und sich hastig tief über den Bootsrand beugte.
»Na, die wird sich wundern, wenn's erst richtig stürmt«, bemerkte der Bursche, und sein jüngerer Gefährte rief lachend:
»Fische wollen auch gefüttert werden, Miß –«
Mr. Smith bemerkte mit seiner servilen Stimme, daß manche Menschen keine guten Segler wären, selbst nicht bei einer so ruhigen Überfahrt wie heute.
»Dabei ist nichts gesünder als Meeresluft, Salzwasser mit Jodgehalt«, fügte er mit einem Seitenblick auf Mrs. Cullins hinzu.
Noella Cullins schwieg.
Sie nahm weder von der seekranken Sally noch von dem ängstlichen Mr. Smith Notiz.
Ihr ganzes Interesse galt der Insel, die hinter einem zarten, opalfarbenen Dunstschleier dem asthmatisch keuchenden Boot auf gläsern schimmernder Wasserfläche entgegenglitt, eine Fata Morgana, mit tiefdunklen, hohen Bäumen, einer zartgoldenen Sandbucht, einem kaum sichtbaren Turm, von dem, gleich Fahnen, noch morgendliche Nebelfetzen wehten.
Meine Insel Irgendwo, dachte sie. Mein Badezimmerhocker, erdgeworden, bewachsen, umgeben von wirklichem Meer, mit einem Märchenschloß,

mir vom Schicksal geschenkt, mein Kindheitstraum.
Einige Leute standen am Ufer in kleiner Gruppe.
»Ihre künftigen Untertanen, Madam«, bemerkte Mr. Smith diensteifrig, als sie anlegten. »In früheren Jahren wurde der jeweilige Lord Clarence König der Insel genannt. Es gab auch einmal eine Königin –«, er schlug hastig in seinem Papierbündel nach, »ja, richtig, Lucy, Lady Clarence, 1648–1690.«
Sie raffte ihr Kleid, ging mit vorsichtigen Schritten den schmalen, geländerlosen Landesteg entlang, auf die Menschengruppe zu, die ihr schweigend entgegenblickte: drei ältere Männer, zwei Kinder, zwei Frauen, und sagte mit dem formellen Lächeln, das sie jahrzehntelang gezeigt hatte, wenn sie Unbekannte begrüßen mußte:
»Wie aufmerksam von Ihnen, hierherzukommen. Ich möchte mich nur etwas umsehen –«
Ohne stehenzubleiben, schritt sie an ihnen mit einer leichten Neigung des Kopfes vorüber, gefolgt von Mr. Smith und Sally.
Ein Schild, das an einem mächtigen Eichenstamm angebracht war, verkündete in verwischten Buchstaben: *Unbefugten ist Landen und Aufenthalt verboten.*
Sie beschloß, das Schild zu erneuern, die Buchstaben zu vergrößern, und stellte dabei fest, daß sie die Insel bereits als ihren Besitz betrachtete, ehe sie sie besichtigt hatte.

»Im Frühling wächst alles rasch, deshalb ist der Weg jetzt etwas beschwerlich«, bemerkte Mr. Smith, als sie zwischen mannshohem Unkraut, Disteln und Ranken, auf dichtem Moosteppich dem Schloß zuschritten, das zwischen den Baumstämmen zu sehen war.
»In dem günstigen Klima, nahe dem Golfstrom, wächst Gutes ebenso rasch wie Unerwünschtes. Der Boden soll besonders günstig für Frühgemüse und Blumen sein«, fügte er hinzu, ohne Antwort zu erhalten.
Mrs. Cullins blieb vor dem breiten Einfahrtstor zu Park und Schloß stehen, und Sally wagte es, den Picknickkorb verstohlen im feuchten Moos niederzusetzen.
Die schmiedeeisernen Flügel waren weit geöffnet und wohl seit langen Jahren nicht geschlossen worden. Efeu und Wildrosen umschlangen die steinernen Pfeiler, in denen die rostigen Angeln nicht mehr zu sehen waren.
In der Mitte des hochgewölbten Torbogens war das Clarence-Wappen eingemeißelt: zwei geflügelte langgeschwänzte Geschöpfe, die ein Kreuz, einen Helm und Panzerhandschuhe in ihren Klauen hielten.
Einige Wildrosenäste waren bis zu ihm emporgewachsen und wehten gleich willkommen heißenden Armen im milden Frühlingswind.
»Die Clarences waren Generationen lang Kreuzritter«, bemerkte Mr. Smith mit ehrfürchtig

gedämpfter Stimme, »ihr Wahlspruch war –«, er blätterte hastig in seinen Akten, sagte erleichtert: »*Furchtlos voran.* – Von besonderem Interesse – was die finanzielle Seite des Besitzes betrifft – sind die wertvollen Baumbestände, für die eine Firma bereit ist, einen ansehnlichen Kaufpreis zu bieten.«

Mrs. Cullins sagte höflich:

»Ich möchte mir alles ungestört ansehen, Mr. Smith.«

»Selbstverständlich, Madam. Die Besichtigung ist völlig unverbindlich. Meine Firma trägt die Kosten von Equipage und Boot zum Objekt und zurück –«

Er verstummte, ging dicht neben ihr her, gefolgt von der blassen, ängstlichen Sally.

Der tiefe Moosteppich bedeckte auch die Breite der Anfahrt zum Schloß, bis an die Stufen der Terrasse, deren massive Steinbrüstung von Schlingpflanzen umklammert war. Verwitterte Steinputten hielten schöngeformte Amphoren lächelnd empor, in denen Unkraut in dichter Fülle wucherte, wo einstmals Blumen geleuchtet hatten.

Ich werde dort hängende blaßrosa Geranien oder Päonien pflanzen, dachte sie und nickte einem Vergißmeinnichtbüschel zu, das aus einer Mauerspalte neben dem Eingangsportal wuchs.

Sie berührte mit ihrem Sonnenschirm einen seltsamen Gegenstand in der Terrassenecke, der

unter einer mit kleinen weißen Blumen bestickten Mooshülle verborgen war. Ein Marienkäfer arbeitete an einer Blüte und entflog, winziger roter Punkt, zum Waldrand.
»Was ist das, Mr. Smith?«
Er war froh, daß er vom letzten Besuch vor über einem Jahr zufällig noch Antwort auf diese Frage wußte, ohne in seinen Papieren blättern zu müssen:
»Eine Kanone, Madam. Sie wurde seinerzeit von einem Lord Clarence erbeutet, der Seepiraten von der Insel vertrieb. Sie läßt sich natürlich leicht entfernen, sobald alles hier nach Ihrem Wunsch gestaltet wird.«
Ihre Antwort war unerwartet:
»Warum soll sie fortgeschafft werden? Sie ist doch jetzt hier zu Hause.«
»Selbstverständlich, Madam, ich meinte auch nur, falls sie etwa im Weg stünde –« Er verstummte. Hatte er zuviel geredet?
Sie blickte zu dem mächtigen quadratischen Bau mit den gotischen Fenstern empor, zum Glokkenturm, der das Gebäude krönte. Die Mauern trugen hier und dort, wie von lässiger Hand mit unbestimmtem Ziel beworfen, dichte smaragdgrüne Moosknöpfe – und die dunklen Schatten emporsteigender Feuchtigkeit.
Die Uhr war in der siebenten Stunde stehengeblieben.
Wenn ich erst hier wohne, soll auch für mich die

Zeit stillstehen. Es wird nie mehr heißen: Darling, vergiß nicht, wir sind zum Lunch um ein Uhr eingeladen – um vier Uhr mußt du den Bazar eröffnen. Morgen ist Dinner zum Besten von –. Darling, hast du an – geschrieben? Bitte, vergiß es nicht. Niemals mehr würde seine Stimme mahnen: Beeil dich, Darling, wir kommen sonst wieder zu spät – ohne daß Darling wirklich Liebling bedeutete, wie in der ersten Zeit, als es noch zärtlich-bittend ausgesprochen wurde. Eine Zeit, in der sie ihn vielleicht sogar etwas geliebt hatte.

Die Luft war erfüllt vom Duft wilder Blumen und Kräuter, von taufeuchter, zu neuem Leben erwachter Erde, von jungem Gras und Flieder, der sich mit der salzigen Brise vermischte, die vom Meer her wehte, das zwischen den Baumstämmen schimmerte.

Die uralten Eichen umgaben das Schloß wie eine grüne, leis zitternde Mauer. Der Gesang der Vögel war so laut, so eindringlich, als besäße jedes Blatt, jede Blüte Stimmen.

Ein Traumschloß auf einer Trauminsel, wie für Alice im Wunderland. Wenn ich bloß das Kind Alice sein könnte, für einen Tag.

Jetzt müßte das verzauberte Kaninchen erscheinen, die dicke Uhr aus seiner Weste ziehen, das Portal mit einem Riesenschlüssel öffnen, im Schloß verschwinden und ich ihm folgen, ohne es einzuholen.

Es war jedoch nicht das Kaninchen aus Alice im Wunderland, sondern Mr. Smith, der einen übergroßen, kunstvoll geschmiedeten Schlüssel aus seiner Aktenmappe zog und vorsichtig das viergespaltene rostige Ende in das Schlüsselloch schob.

Er versuchte, das Öffnen des Portals so mühelos wie möglich erscheinen zu lassen. Seine Stirn rötete sich, er lächelte mühsam, sagte atemlos:

»Ein Tropfen Öl würde helfen. Man könnte natürlich auch das Schloß ändern, ein kleineres Modell anbringen lassen und –«, er vermochte seinen Satz nicht zu beenden, denn der schwere Flügel mit den faustgroßen Kupferknöpfen wich mit einem Male zurück und riß den dünnen Mann mit sich, ins Innere.

Mrs. Cullins lächelte.

Feuchtkalte Luft, Staub und Modergeruch drangen aus der halbdunklen Halle, und Sally wagte ein leises: »Oh, Madam!« zu sagen.

Aber Mrs. Cullins beachtete weder sie noch Mr. Smith, der sein Gleichgewicht wiedergefunden hatte, in der Mitte der Halle neben einem Eichentisch stand, die eine Hand auf die Platte gestützt, während die andere mit weitumspannender Geste auf Bogenfenster, auf die domartig gewölbte Decke, auf die ringsum laufende Galerie, auf Eichenbalken und holzgetäfelte Wände wies, an denen Rüstungsteile, Wappenschilder, Waffen, ein Panzerhemd, Fuchs- und Otter-

köpfe, Hirschgeweihe und ein durchlöchertes Tigerfell hingen.
Verkohlte Holzscheite lagen im Riesenkamin.
Zwei Ohrenstühle von unbestimmter Farbe standen zu beiden Seiten der kupfernen Fußstützen vor dem gigantischen Kamin.
Eine breite ausschwingende Treppe mit handgeschmiedetem Geländer führte zu der Galerie empor, auf die dunkle Türen mündeten.
Von der Galeriebrüstung hing, verloren, fahl, zerschlissen, ein schmaler Teppich.
Mr. Smith, verzweifelt entschlossen, das Schloß, das er insgeheim den alten Steinkasten nannte, so vorteilhaft wie möglich erscheinen zu lassen, begann im monotonen Fremdenführerton zu sprechen:
»Die Halle wird von Architekturkennern wegen ihrer edlen Proportionen stets bewundert. Von ihr aus erreicht man die sogenannte lange Bildergalerie, die eine der schönsten Sammlungen alter Meister enthalten hat, die Bibliothek, den großen und kleinen Bankettsaal, das Frühstückszimmer, das Morgenzimmer, das in den kleinen Garten führt – und, daran anschließend, Wirtschaftsräume und Küche –«, er öffnete eine Tür, trat zurück: »– die lange Bildergalerie, Madam.«
Der helle, leere, langestreckte Raum wies in regelmäßigen dichten Abständen helle Stellen verschiedener Größen auf, dort, wo einstmals die Gemälde gehangen hatten.

Draht hing von Nägeln, ein zerbrochener Rahmen, ein zerschlissener rotsamtener Sessel ohne Beine lagen auf den Steinquadern.
»Lord Clarence ist bereit, was noch an Gegenständen vorhanden ist, dem Käufer zu überlassen. Dazu gehört auch –«, Mr. Smith öffnete eine andere Tür, »– die große Bankett-Tafel, an der Heinrich VIII. –«, er hielt inne, denn Mrs. Cullins warf nur einen gleichgültigen Blick in den Riesenraum, der sie an einen Reitstall erinnerte, auf die lange Tafel, an deren Schmalende ein schöngeschnitzter Ledersessel stand – auf die zwei tonnenförmigen schwarzen Ledergefäße, aus denen einmal – vor wieviel hundert Jahren? – Met ausgeschenkt worden war.
Ich werde sie als Blumengefäße aufstellen, beschloß sie.
»– und hier ist der Bibliotheksraum, der füher über zehntausend Bände enthielt«, sagte Mr. Smith, als sie ihre Hand auf die wie ein Schwan geformte Klinke legte.
Aber die Tür wich nicht zurück, sondern fiel mit lautem Krachen in den halbdunklen Raum, und die Halle echote leise ihren Sturz. Leere Regale säumten die Wände, staubbedeckt, mit herabhängenden Spinnweben.
Der blühende Ast eines Fliederbaumes war durch eine der zerbrochene Fensterscheiben gewachsen. Und dort, wo Stamm und Ast sich vereinten, hatte eine Amsel ihr Nest gebaut. Weitgeöff-

nete Schnäbel warteten zwitschernd auf Nahrung von dem aufgeschreckt im Zimmer flatternden Elternpaar.
»Wir wollen sie nicht stören«, sagte Mrs. Cullins leise und wandte sich zurück.
Sie schien nicht zu bemerken, daß Sally regungslos im Portal stehengeblieben war, als hielte sie ein magischer Zirkel davon ab, die Halle zu betreten.
»Kleine Reparaturen und Modernisierungen sind in historischen Gebäuden stets notwendig«, versuchte Mr. Smith leichthin zu sagen. »Ich bitte den Hallenkamin zu beachten, Madam. Er wird Sir Christopher Wren zugeschrieben –«, hastig zog er seine Hand von der Tischplatte zurück, auf der verworrene dunkle Arabesken in der dichten Staubschicht deutlich seine innere Erregung verrieten.
»Die Gesamtzahl der Räume beträgt neunundvierzig, von denen neunzehn große sowie fünf kleinere sich hier unten befinden.«
»Ich interessiere mich nur für den ersten Stock, Mr. Smith. Ich besitze weder alte Meister, noch werde ich Banketts geben«, sagte Mrs. Cullins und begann sehr langsam, genießerisch die Treppe emporzusteigen.
Sally seufzte.
Sie hätte jetzt gern wieder gebeten, zum Boot zurückkehren zu dürfen. Aber man mußte folgen und schweigen. So setzte sie bloß den Picknick-

korb auf den Steinqudern nieder, schwieg und folgte.
»Das Schloß wurde einem Lord Clarence seinerzeit für seine Verdienste geschenkt.«
Mr. Smith schöpfte tief Atem, versuchte sich irgend etwas ins Gedächtnis zu rufen, was Mrs. Cullins interessieren könnte – vor allem aber, zu erkunden, ob sie den Kauf überhaupt erwog. Nichts fiel ihm ein, und so sagte er bloß, um das Schweigen zu brechen:
»Das Schloß ist Zeuge von manchen historischen Ereignissen – Kriegen und Siegen –«
»Geschichte hat mich nie interessiert, Mr. Smith. Es ist immer dasselbe: jemand will etwas haben, was ein anderer besitzt. Man führt Krieg, schließt Frieden und Verträge, die niemand hält – oder nur so lange, wie es jemand paßt. Menschen müssen sterben, weil ein paar Leute habgierig sind und ein paar andere Leute es nicht hergeben wollen. *History repeats itself*, Mr. Smith.«
»Ich bin ganz Ihrer Meinung, Madam«, erwiderte Mr. Smith auf alle Fälle.
Sie öffnete eine Tür nach der anderen, blickte in leere, staubige, feuchtriechende Räume, auf spinnwebverhangene Fenster, Gerümpel und beschloß, die zwei Zimmer für sich einzurichten, die einen Blick auf Terrasse, Park und Meer gaben – und auf einen schmalen dunklen Streifen am Horizont: die englische Küste, die Hafenstadt.

Vorsichtig öffnete sie das Fenster, lehnte sich hinaus. Es muß nach dem Süden hinaus liegen, weil die Sonne auf diese Schloßseite scheint, dachte sie, denn sie wußte nie Bescheid über Himmelsrichtungen.
Ein Rabe wanderte langsam auf der Terrassenbrüstung umher, flog zu den steinernen Amphoren empor, packte einen Wurm und flatterte zum Wald.
Mr. Smith stand unsicher abwartend in der Tür. Sollte er etwas sagen oder abwarten, bis sie sich äußerte?
Es war Sally, die neben Mrs. Cullins trat und das Schweigen brach, indem sie in lautem Flüsterton fragte, wo das ›kleine Zimmer‹ wäre.
Mr. Smith hatte sie gehört und schaltete sich rasch ein:
»Selbstverständlich ist dafür gesorgt, Miß. Wenn auch vielleicht nicht den modernsten Ansprüchen genügend, so doch durchaus benutzbar, wie es Lord und Lady Clarence benutzten – wenn ich bitten darf, mir zu folgen –« Er schritt auf Zehenspitzen die Galerie entlang, öffnete eine Tür, wandte sich diskret ab und blickte angelegentlich auf den im Portal stehenden Picknickkorb.
»O Madam –«
»Es könnte schlimmer sein, Sally –«
Das ›kleine Zimmer‹ war ein vierfenstriger Saal. Er enthielt ein in der Mitte stehendes Podium,

auf dem ein viereckiger Kasten stand. Eine Sitzbadewanne lehnte in einer Ecke, ein Vorhangfetzen bewegte sich leise vor einem zerbrochenen Fenster.

»Man darf in historischen Gebäuden keine zu großen Anforderungen stellen, zumal Verbesserungen leicht auszuführen sind. Selbst Schloß Windsor und Schloß Sandringham haben nur dies Modell –«, sagte Mr. Smith. Ein Echo in der Halle wiederholte verklingend: »-dell-dell-«

»Wo ist die Küche, Sir?« fragte Sally.

»Zu ebener Erde, jenseits der Gesellschaftsräume, Miß, wie ich bereits erwähnte. Großer Herd, gute Vorratskammer, reichliches Nebengelaß, Weinkeller. Schöne Kupfergeräte sind noch vorhanden, die Lord Clarence freundlicherweise dem Käufer ohne Berechnung überläßt.«

Mr. Smith schloß rasch die Tür des Zimmers, das einer der vielen dunklen Punkte des Besitztums war, nur auf Befragen gezeigt wurde und Interessenten abgeschreckt hatte.

»Man könnte in einem der Zimmer eine Küche einrichten«, bemerkte Mrs. Cullins und überlegte zugleich, warum der atemlose, sichtlich nervöse Mann diskret versuchte, sie zur Treppe zurückzumanövrieren, und hastig vorschlug, Park, See, Schloßkapelle, vielleicht auch noch das Dorf zu besichtigen.

Aber Mrs. Cullins blieb zu seinem Entsetzen vor

einer schmalen Tür stehen, die heller war als die anderen, und versuchte, sie zu öffnen.
»Sie führt in den älteren Teil. Leider weiß ich nicht, wo sich der Schlüssel befindet«, sagte er.
Ihre suchenden Augen hatten bereits eine Vertiefung in der Mauer entdeckt und einen Schlüssel, dessen Griff wie eine Faust geformt war. Sie nahm ihn, schloß auf, machte einen Schritt vorwärts und blieb auf einer Galerie stehen, die etwas kleiner war. Über ihr wölbte sich eine zweite domartig gewölbte Hallendecke.
Die holzgetäfelten Wände waren geborsten wie die Fensterscheiben. Vögel nisteten in den Nischen. Ein Kaninchen im dunklen Kamin machte Männchen und entschwand lautlos.
Ich bin jetzt wirklich Alice im Wunderland, die jenseits des verzauberten Spiegels steht, durch den sie geklettert ist, um die Kehrseite der Dinge zu sehen.
Nur dies hier gehört nicht ins Wunderland.
Einen Schritt von ihr entfernt ragten Geländerreste wie haltsuchende Arme ins Leere. Die Treppe war zusammengebrochen, lag in einem Trümmerhaufen auf dem zartrosa Hallenboden.
Mr. Smiths Stirn glühte trotz der Kühle unter den Schweißtropfen. Er dachte, verdammt noch mal, nie wieder soll der Schlüssel zu diesem Teil auffindbar sein. Laut sagte er:
»In früherer Zeit war dieser Teil Gästetrakt und Unterkunft für das Gesinde der Gäste. Die

Gesellschaft zu Erhaltung historischer Bauten plant, den Status quo herzustellen, damit auch dieser Teil der Nation erhalten bleibt und kommende Generationen mittelalterliche Bautechniken studieren können.«
»Ein etwas verspätetes Interesse, Mr. Smith. Vorbeugen wäre besser gewesen.«
»Man könnte bei den zuständigen Stellen anfragen, wann sie mit den Arbeiten beginnen –«, er stockte, denn Mrs. Cullins sagte rasch:
»Ich kann Lärm nicht ausstehen. Falls ich mich zum Kauf entschließen sollte, würde ich diesen Teil und –«, sie dachte nach, lächelte, »– und etwa fünfundvierzig Zimmer vergessen – das vereinfacht alles.«
»Mit so viel Spielraum zur Verfügung kann man sich nach Wunsch einrichten, Madam.« Er machte eine Geste, um sie zurückzugeleiten. Aber Mrs. Cullins wandte sich vom Hallenabgrund ab und betrachtete eine Tür, an der ein schwarzes Kruzifix angebracht war.
»Die Kapelle, Mr. Smith?« fragte sie, die Hand auf der Klinke.
Mr. Smith räusperte sich, ohne zu antworten. Sie öffnete die Tür, die lautlos nachgab, als wäre sie sorgfältig geölt.
Ein kleiner Vorraum führte in ein vierfenstriges, vollständig eingerichtetes Schlafzimmer, in dem ein breites Himmelbett stand.
Massive rote Damaststühle standen zu beiden

Seiten des Kamins, auf dessen Rost ein gläserner Immortellenkranz zu Füßen eines Kreuzes ruhte.

Schwere rote Damastvorhänge fielen vom Betthimmel, der von einem lächelnden Putto mit staubgrauem Gesicht gehalten wurde.

Ein silbernes, wappenverziertes Nachtgeschirr stand unter dem schweren Marmortisch, der eine silberne Waschschüssel und eine silberne Wasserkanne trug. Auf dem Bett stand der langstielige runde Kupferbettwärmer, in den früher Holzkohlen gegeben wurden.

Verblaßte gestickte Sitzkissen lagen in den Fensternischen, von denen man einen weiten Ausblick über Baumwipfel und Felder bis zum Meer hatte.

Über dem Kamin hing das Porträt einer jungen Frau, tief dekolletiert in gesticktem Gewand, die sich lächelnd über einen Rosenstrauß neigte.

Auf dem Kaminsims stand eine kleine französische Pendüle, die Mrs. Cullins liebevoll betrachtete.

Sie war in der siebenten Stunde stehengeblieben. War es Zufall, daß auch die Turmuhr in der siebenten Stunde die Verkündung des Verrinnens der Zeit eingestellt hatte?

Mr. Smith hielt es für angebracht zu bemerken: »Dies ist das sogenannte Rote Zimmer, Madam. Königin Elizabeth hat in diesem Bett geschlafen. Es wurde von den Clarences genauso gelassen, wie sie es seinerzeit benutzte, und es ist der Wunsch der Familie, daß es so bleiben möge.«

»Im Kamin ist wohl damals das Kind verbrannt worden?«

»Das Geschehnis liegt so lange zurück, daß man Tatsachen und Legenden nicht mehr unterscheiden kann.«

»Ich habe mich immer für Gespenster interessiert. Aber selbst in den ältesten Schlössern, in denen es angeblich von Gespenstern wimmeln soll, habe ich nie etwas gesehen oder gehört –«, sie hielt jäh inne, denn Sally hatte einen schrillen Schrei ausgestoßen, hatte Furcht und Gehorsam vor ihrer Herrin vergessen und war laut schluchzend zurückgelaufen.

»Die Unwissenheit im niederen Volk, der Aberglaube –«, bemerkte Mr. Smith, und in dem verzweifelten Versuch, den peinlichen Eindruck auszulöschen und endlich zu erkunden, was diese eigenartige Interessentin dachte, von der er fürchtete, daß sie keine Interessentin, sondern nur eine Neugierige war, fügte er einen Satz hinzu, den er schon oft bei Besichtigungen gesprochen hatte:

»Wenn auch etliche Reparaturen notwendig sind, so ist der Besitz doch ein Gelegenheitskauf. Lord Clarence hat in Anbetracht einiger Ausgaben für den neuen Besitzer den Preis so niedrig angesetzt –«

Mrs. Cullins strich liebevoll über die Pendüle,

deren Zifferblatt Risse und Sprünge zeigte. Altersspuren, wie die Falten im Gesicht eines Menschen.
›Paris, 1767‹ – vielleicht war sie von französischen Emigranten herübergebracht worden. »Lord Clarence wird es nicht leichtfallen, überhaupt einen Käufer zu finden, Mr. Smith. Das ergibt sich schon daraus, daß Clarence jahrelang vergeblich angeboten wird. Schließlich ist es zum Teil schon eine Ruine. Was ich im Sinn hatte, war ein kleines, modernes Haus.«
»Man könnte die Räume, die Sie zu bewohnen wünschen, leicht modernisieren, Madam«, entgegnete Mr. Smith.
Im Herausgehen dachte sie: Ich habe von Cullins gelernt, begehrte Objekte zu kritisieren, um den Verkäufer unsicher zu machen. Natürlich kaufe ich es. Je mehr ich davon sehe, desto märchenhafter, desto liebenswerter wird es. Vielleicht wohnt sogar irgendwo noch jemand, den ich erst später entdecken werde, eine uralte Nanny, eine Kinderfrau, die Generationen von Clarences betreut hat. Vielleicht auch irgendein sonderlicher alter Clarence, den man mitzunehmen vergaß und der heimlich von einem treuen Diener versorgt wird.
Mr. Smith schloß sorgfältig die Tür zum Roten Zimmer und legte den Schlüssel, der zu diesem Teil des Schlosses führte, in seine Mappe. Fortan würde er, natürlich zufällig, unauffindbar sein, bis sich ein Käufer gefunden hatte.

Würde sich aber je ein Käufer finden?
Er hörte die laute, rauhe Stimme seines Chefs vor einiger Zeit sagen: »Lieber Smith, Sie scheinen nicht mehr die notwendige Energie zu haben, ein schwerverkäufliches Objekt schmackhaft zu machen. Wir können nicht in einem fort Spesen tragen, um irgendwelche Interessenten abzuholen. Schließlich sind Sie ja auch schon im Ruhestandsalter, lieber Smith . . .«
Er schrak zusammen. Mrs. Cullins war bereits auf der Treppe.
Er hastete ihr nach, durch die kühle Halle.
Die Sonne ruhte in mittäglichem Glanz auf der Terrasse.
Sally hatte ein Damasttuch auf die überwachsene Kanone gebreitet. Teller mit Sandwiches, gebratenem Huhn, hartgekochten Eiern und die Flasche mit Tee standen etwas windschief auf der unebenen Fläche.
»Ich konnte leider keine Stühle finden«, sagte sie. Ihre Hände zitterten, ihre Augen standen voller Tränen. Wenn sie bloß den Mut hätte, die Herrin zu bitten, sie in die relative Sicherheit des Bootes zu entlassen. So aber atmete sie bloß tief auf, wischte verstohlen ihre Augen.
»Sie haben alles schön geordnet, Sally. – Mr. Smith, Sie sind mein Gast an diesem Stehbüfett«, sagte Mrs. Cullins, denn Mr. Smith hatte sich bescheiden mit einem kleinen weißen Proviantpaket in die entgegengesetzte Terrassenecke

zurückzogen. Hastig schob er es in seine Mappe zurück und entwickelte dann einen erstaunlichen Appetit.
Sally weigerte sich, irgend etwas anzurühren. Sie faltete die Hände unter ihrem Umhang und betete, Gott möge sie davor bewahren, in das Gespensterhaus einziehen zu müssen.
Mr. Smith, der eifrig das zweite Hühnerbein benagte, hielt inne und sagte mit glänzenden Mundwinkeln:
»Man könnte sehr gut diejenigen Räume, die Madam als Residenz auswählt, in eine in sich abgeschlossene Wohnung gestalten. Wir haben einen ausgezeichneten Architekten, der sich auf dergleichen spezialisiert hat.«
»Es wird für mich nur *die* Räume geben, in denen ich wohne«, erwiderte Mrs. Cullins.
Dann erklärte sie, Park und Kapelle besichtigen zu wollen, worauf Mr. Smith den Hühnerknochen über die Brüstung schleuderte, seine Aktentasche aufnahm und ihr folgte, während Sally, wie eine von Gespenstern gehetzte, den Picknickkorb packte und mit überströmenden Augen den Vorausgehenden nachstolperte.
Mr. Smith war erfreut und von einer leisen Hoffnung erfüllt, denn bisher hatten Interessenten die Insel meist nach Besichtigung des Schlosses verlassen.
Das Gestrüpp auf diesem Weg war so dicht, daß sie sich, Zweige zurückbiegend, zwischen

Disteln, Brennesseln und herabhängenden Ranken, engverschlungenen Winden, Lianen und hohem Gras vorwärtstasten mußten.
»Sobald der Weg freigelegt ist, hat man einen besonders schönen Ausblick vom Schloß zum See«, sagte Mr. Smith. Er hätte sich gern nach dem außergewöhnlich reichen, aber zu hastig eingenommenen Mahl etwas ausgeruht, aber diese Frau schien unermüdlich zu sein. Sie achtete nicht einmal darauf, daß Dornen ihr lichtgrünes Seidenkleid festhielten und zerrissen. Die hohen Absätze ihrer langen schmalen Spangenschuhe aus weißem Glacé schienen sie nicht am Gehen zu hindern. Sie schien nicht einmal zu bemerken, daß ihr kleiner Strohhut nicht mehr so gerade saß wie vor der Landung – sie schien auch nicht ungeduldig, sondern von ihm unverständlicher Heiterkeit erfüllt. Als sie ihr leichtgerötetes Gesicht zur Seite wendete, sah er, daß sie lächelte. Wehmütig dachte er, daß er morgen um diese Zeit nur das übliche Paket mit kleinen belegten Broten zum Lunch, vielleicht sogar schon die Gewißheit haben würde, entlassen zu sein, wenn er diesmal wieder melden mußte: »Die Klientin hat sich leider nicht entschließen können, Mr. Hawkins –«, und er sah das Gesicht seines Chefs, vor allem aber das sorgenvolle Gesicht seiner Frau vor sich.
Mrs. Cullins blieb mit einem Male stehen, stocherte mit ihrem Sonnenschirm in den dichten

Brombeerranken, über denen, seltsam körperlos, der Kopf eines Steintigers drohend im Dschungel englischer Wildnis schwebte.

»Diese zwei Monumente wurden seinerzeit hier aufgestellt, als der Großvater des jetzigen Besitzers von einer erfolgreichen Tigerjagd zurückkehrte. Das zweite Monument müßte etwa hier sein . . .« Mr. Smith biß sich auf die Lippen, weil er beinahe gesagt hätte, daß der andere Tiger noch zu sehen gewesen war, als ein Interessent gewünscht hatte, zuerst den See zu besichtigen.

»Um diese Zeit wächst eben alles so rasch, Schönes und Unschönes . . .« Er stellte die Aktentasche ins Gras, begann an Ranken und Winden zu zerren, atmete erleichtert auf, als der andere Steintiger sichtbar wurde, der eine lange, dichte Schabracke aus Efeu trug, von dem einige Zweige den Schwanz sorgfältig eng umwunden hatten.

»Der See ist gleich hier, nur wenige Schritte entfernt, Madam. Mit Karpfen bestückt. Süßwasser. Man könnte natürlich auch andere Fische aussetzen, eine angenehme Zugabe für gute Dinners . . .« Er ließ den Gestrüppvorhang wieder vor dem Raubtier herabfallen, lächelte mühsam, bedauerte, seine Magenpillen nicht mitgenommen zu haben. Sie wird nicht kaufen, welcher vernünftige Mensch kann so etwas überhaupt erwägen – noch dazu eine Frau, auch wenn es eine Millionärslaune ist. Mr. Hawkins hat

behauptet, sie besitzt mehrere Millionen, was für ein Gefühl ist es bloß, sorglos zu sein.
Vor ihnen öffnete sich eine schmale Lichtung, zu deren Seiten leise zitternde Silberbirken bis zum See Spalier bildeten. Es war kein See, sondern ein großer Weiher. Ein Kahn, wie eine venezianische Gondel geformt, schwankte auf der Wasserfläche. Seerosen blühten in dichten grünen Inseln, und ein Froschchor sang unbekümmert im Schilf. Eine Möwe landete mit schrillem Ruf auf dem Bootshaus, drehte und wendete sich geziert, hob ein, dann das andere Bein, entfaltete ihre Flügel wie eine Ballerina zu Beginn des Pas seul und flog schließlich empor, verschwand in der flimmernden Luft.
Eine eigene Insel, ein eigener See, eine eigenes Schloß. Vergangene Jahre verblaßten, nur der Wunsch, von dessen Erfüllung sie geträumt hatte, war Gegenwart.
»Das Objekt wird wesentlich gewinnen, wenn alles erst wieder gepflegt und individuell gestaltet ist – wir haben einen besonders geschickten Gartengestalter an der Hand, Madam«, sagte Mr. Smith.
Seine Aktenmappe wurde von Augenblick zu Augenblick schwerer, als enthielte sie nicht nur sein kleines Schicksal, Schlüssel, Dokumente, sondern auch Insel, Schloß und den als besonders romantisch anzupreisenden See.
Ja, richtig – romantischer See, dachte er bestürzt

und lächelte Sally zu, die einige Schritte entfernt stehengeblieben war.
»Der See hat romantischen Reiz – Lord Clarence pflegte hier Gartenfeste abzuhalten –«, setzte er vorsichtig an und verstummte wieder, denn Mrs. Cullins wandte sich von Träumen, Seerosen und Froschgesang dem dürren Mann zu, der beharrlich und atemlos an ihrer Seite stand.
»Ich bin bereit, dreißigtausend Pfund für das Anwesen zu bieten. Eine ansehnliche Summe für einen verwilderten Park und ein verfallenes Gebäude.«
Mr. Smith öffnete seinen Mund und versuchte, tief Atem zu holen.
Zum ersten Male ergab sich die Möglichkeit, ein lästiges Objekt loszuwerden, das schon mehrmals im Preis reduziert worden war.
»Ich – ich bin leider nicht bevollmächtigt, vom festgesetzten Verkaufspreis abzuweichen, Madam. Aber – ich werde Lord Clarence Ihr Angebot unterbreiten.«
Mrs. Cullins setzte sich auf die Bank neben dem Bootshaus, zog einen goldenen Füllhalter aus ihrer Handtasche und füllte das weißrosa Blatt aus.
»Sollte Lord Clarence nicht einverstanden sein, senden Sie mir den Scheck ganz einfach zurück. – Und jetzt möchte ich noch die Kapelle besichtigen.«
Mr. Smith griff mit ungebührlicher Hast nach

dem Scheck, barg ihn in seiner Mappe, die mit einem Male seltsam leicht zu sein schien, und eilte Sally nach, die lautlos weinend ihrer Herrin folgte.
Jetzt, wo sie das Schloß umgehen mußten, sah Mrs. Cullins erst, wie groß das Gebäude war – mit Toren und Türen, einem großen Hof, mit Stallungen, deren offene Oberteile leise anschlugen, wie die Herzen der Pferde, die einstmals hier gestanden hatten. Und von überall her starrten spinnwebbedeckte Fensteraugen in die unsterbliche Frühlingssymphonie von Klang, Duft und Glanz. Hier und dort wehte, verblaßt und zerschlissen, ein alter Vorhang abschiednehmend einer vergangenen Zeit nach, die erfüllt gewesen war von Stimmen, Kinderlachen, Jagdhörnern und Liebespaaren, die sich im kleinen Pavillon trafen, der leer und türlos inmitten eines kaum erkennbaren Rondells stand.
Die Kapelle war von einer niedrigen Steinmauer umgeben. Die Grabsteine teilweise umgestürzt und von Unkraut überwuchert.
Einige Steine waren in die Erde gesunken, als hätten die unter ihr Ruhenden sie zu sich herabgezogen, weil niemand sich ihrer entsann, um so das Vergehen und Vergessen alles Irdischen zu bekunden.
»Dies sind nur die Gräber der Dorfbewohner«, bemerkte Mr. Smith mit einer Handbewegung, »das Clarencesche Mausoleum befindet sich

hier –« Er wies auf ein kleines steinernes Gebäude, das abseits, inmitten von Feldblumen und blühenden Disteln stand, die dunkellila wie Kardinalsgewänder leuchteten.

»Man könnte sehr gut diesen Teil in einen Garten umgestalten. Lord Clarence hat ausdrücklich erklärt, daß er keine Einwendung erheben würde, wenn dies gewünscht werden sollte.«

Mr. Smiths Stimme war gedämpft, als wollte er die längst vergessenen Toten nicht stören – vielleicht auch nur, weil es üblich war, in der Nähe einer Kirche leiser als sonst zu sprechen.

Das Kapellenportal stand weit geöffnet, obwohl ein Zettel bat, man möge es schließen, um das Nisten der Vögel zu verhindern. Mrs. Cullins beschloß, daß es geöffnet bleiben würde – denn was gab es Schöneres als einen schützenden Raum für die Geschöpfe Gottes im Hause Gottes.

Sanftes blaugoldenes Licht fiel durch schmale, gotische Bogenfenster in das kleine Kapellenschiff und ließ die gläsernen Gestalten von Rittern, Heiligen, Kreuzen, Lilien, Helmbüschen und undefinierbaren heraldischen Geschöpfen aufleuchten, als wären sie vom Licht der Ewigkeit umfangen.

Zu Füßen eines Ritters, der Hand in Hand mit seiner Dame vor dem heiligen Georg kniete, war mit gläserner Schrift eine Jahreszahl vermerkt: A.D. 1587.

Sie setzte sich in die vorderste Bank, nahe dem

Speisgitter, das mit demselben verblaßten rosa Samt bedeckt war wie die ausgehöhlten Kniekissen vor ihr.
Das Chorgestühl zu beiden Seiten des kleinen Altars war überreich verziert mit Ranken, lächelnden Engelsköpfen und grinsenden Dämonen.
Über dem Altar schwebte, an unsichtbarem Draht, ein Kruzifix unter dem verblaßtem Wolkenhimmel der gewölbten Decke empor, in dessen Mitte eine altersgraue Taube in verblaßtem Strahlenkranz ihre Flügel breitete.
Sie wartete auf IHN, dachte sie.
Von der kleinen Kanzel hing noch die Nummer des Psalms, der zuletzt hier verlesen worden war.
Sie kannte ihn, sagte leise in die erlösend kühle Stille, im geruhsamen Schlag ihres Herzens, im unbeschreiblichen Gefühl tiefer Freude:
»Und tausend Jahre sind vor Dir wie *ein* Tag und *eine* Nachtwache –«
Mr. Smith, benommen von der unbestimmten Hoffnung auf einen Verkaufsabschluß, erwiderte diensteifrig, ohne verstanden zu haben, was die seltsame Kundin flüsterte:
»Ich bin ganz Ihrer Meinung, Madam. Man könnte natürlich das Kreuz, das noch aus der – hm – papistischen Epoche unseres Reiches stammen soll, durch ein in unserer Kirche gebräuchliches Symbol ersetzen . . .«

»ER soll dort bleiben, wo ER immer war, Mr. Smith.« Sie wollte hinzufügen, auch wenn man IHN entfernen würde, so bleibt ER doch, ist überall. Aber sie schwieg, blickte vor sich hin.

Sie wagte nicht, sich zu rühren, dachte, dies alles ist ja nur ein Traum. Sally kann jeden Augenblick kommen, um die Vorhänge zurückzuziehen und das Frühstückstablett mit den Morgenzeitungen zu bringen, die jetzt nicht mehr wie bis vor kurzem von Mr. Cullins zuerst gelesen, achtlos zusammengeballt sind – und ein halbes Dutzend Briefe, Bettelbriefe, Bitten um Mitwirkung und unverlangte Eintrittskarten für eine Wohltätigkeitsveranstaltung.

Ist es möglich, die Verwirklichung eines Traumes zu erkaufen, indem man ein Stück Papier ausfüllt?

Mrs. Cullins hatte nicht geträumt.

Lord Clarence nahm ihr Angebot mit derselben Hast an, wie Mr. Smith den Scheck in seiner Aktentasche geborgen hatte.

Clover übersandte ihr einen mit unverständlichen Floskeln verfaßten Kaufvertrag mit einigen Zeilen, in denen er, in gemessenen Worten, sein Bedauern über ihren Entschluß äußerte und die Hoffnung aussprach, daß sie keine Enttäuschung erleben und in Sicherheit auf ihrem neuen Wohnsitz leben werde.

Bald darauf zog sie mit Sally und Margret auf die Insel Grey. Ein kleiner Dampfer brachte herüber,

was sie ausgewählt hatte, um die zwei Zimmer zu möblieren:
Dinge, die stets um sie gewesen, ein paar Familienbilder, etwas Silber, ihren Schreibtisch, bequeme Sessel aus dem elterlichen Haus – aber nichts, was aus ihrer Ehe stammte. Vor allem unzählige mit Büchern gefüllte Kisten – sie hatte zwar viele Bücher gekauft, sie aber aus Zeitmangel nicht lesen können.
Sie hatte die persönliche Freiheit und die Befreiung von gesellschaftlichen Verpflichtungen niemals mit dem Tod von Charles Cullins in Verbindung gebracht, nicht einmal im flüchtigsten Gedanken, sondern auf irgendeine unbestimmte Wendung in ihrem Dasein gehofft, die ihr erlauben würde, ein wenig zu leben wie als junges Mädchen – in tiefer Freude an Blumen und Geschöpfen, mit sehr wenig Interesse an Menschen, verträumt, in den Tag hinein.
Diese Wendung war jetzt erfolgt und war absoluter als alles, was sie je gewünscht hatte. Was andere Frauen vielleicht beunruhigt hätte – ein Riesengebäude mit unzähligen dunklen Türen, hinter denen leere Räume, Staub und Vergessen waren, hallende Gänge und Galerien, die stille Terrasse, die dichte smaragdgrüne Wand von Blättern, Baumstämmen, Rankengewirr und Büschen –, war für sie Neubeginnen und Glücksgefühl.
In wenigen Stunden richtete sie mit den verstör-

ten Mädchen die zwei großen Südzimmer unter dem Glockenturm für sich ein, wie sie sie bei der ersten Besichtigung in Gedanken geplant hatte.
Das Spinett stand in einer Ecke, dicht unter den silbernen Wandleuchtern mit den dicken goldenen Kerzen. Der zierliche Bouleschreibtisch am Fenster. Zwei tiefe, bequeme Sessel am Kamin. Daneben ihr viktorianischer Nähtisch mit Stickrahmen und gewichtiger, bunter Petroleumlampe. Farbige Kissen lagen auf den Sitzen in den Fensternischen, von denen aus sie zwischen Baumwipfeln hindurch auf das seidig schimmernde Meer mit den kleinen Schaumkronen blickte – begrenzt an hellen Tagen vom schmalen, dunklen Streifen der großen Insel.
Auch ihr Schlafzimmer hatte sie eingerichtet, wie sie es in all den Jahren gewöhnt war. Das Himmelbett mit den lichtgrünen Seidenvorhängen fügte sich harmonisch in den Rahmen vergangener Zeit. Ihr Toilettentisch war entfernt vom Fenster aufgestellt, damit grelles Morgenlicht sie beim Anblick ihres Spiegelbildes nicht tiefer atmen ließ. Die Kristallflaschen mit Parfüms und Lotions, die schwere Silberdose mit dem zartrosa Puder, die Bürstengarnitur, die Schale für Haarnadeln, das seidene Nadelkissen standen in gewohnter Ordnung neben dem Spiritusapparat und den Lockenscheren. Selbst das kleine Büchlein mit dem *papier poudré*, das sie stets in ihrer Handtasche trug und auf dünnem Papier einen

etwas zu weißen Puder enthielt, hatte den Weg zur Insel Grey gefunden. Ein Kaminfeuer verscheuchte die feuchtkalte Atmosphäre unbewohnter Räume.
Der Duft von Hégémonienne wehte, wie stets, wo sie war – als ob Tausende Sommerblumen in dem kleinen Flakon enthalten wären.
Sally und Margret, die Köchin, hatten ihre Zimmer neben ihrem Wohnzimmer. Eine Küche war in einem der Zimmer improvisiert worden, das ihnen zugleich als Tagesraum dienen würde. Der vierfenstrige leere Raum mit dem ominösen Podium und dem Holzkasten, den sie den ›Thronsaal‹ nannte, würde so bleiben, wie er war, da sich an Tatsachen nicht rütteln ließ. Während Mrs. Cullins ihn lächelnd als Requisit ihres neuen Daseins akzeptierte, konnten die Mädchen sich nicht an ihn gewöhnen, deshalb betraten sie ihn stets zu zweit.
Als die Dämmerung des ersten Tages herabsank und alles Einrichten beendet war, schien es ihr, als lebte sie schon Jahre auf ihrer Insel.
Sie ließ sich den Tee im Wohnzimmer, am Kaminfeuer, servieren.
Diese Teestunde würde künftighin ihre letzte Mahlzeit sein – wenn die kleine französische Uhr auf dem Kaminsims die sechste Abendstunde verkündete und das verliebte Schäferpaar sich nach einer unbekannten wehmütigen Weise zu drehen begann, um jäh innezuhalten, als

käme ihm die Erkenntnis, wie kurz ein Liebesspiel und wie kurz diese kleine Erdenfrist bemessen sei.
Sie trank genießerisch ihren Tee, naschte von den heißen Crumpets in der silbernen, mit einer Damastserviette bedeckten Silberschale, knabberte an den bunten Biskuits, ließ Butter auf den Scones schmelzen und rief Sally mit der kleinen, sibernen Handglocke, die sie einmal, vor langen Jahren, geschenkt bekommen hatte.
Der helle Klang erinnerte sie an eine Stimme, die eindringlich sagte:
»Wo immer ich bin, ich werde den Glockenton hören. Er wird mich einmal zu Ihnen geleiten – nur weiß ich nicht, wann –«
Mrs. Cullins lächelte dieser Stimme, der Erinnerung an eine Gestalt, an ein Gesicht, nach, als Sally erschien, um das Geschirr fortzuräumen.
Dann nahm sie einen Roman vom Bücherregal, setzte sich bequem in dem tiefen Sessel zurecht, dessen geräumiger Sitz für Damen mit Krinolinenröcken bestimmt gewesen war und in dem sie als Kind und als Halbwüchsige lesend gesessen hatte.
Später half ihr Sally beim Ausziehen.
»Sie werden sich bald eingewöhnen, Sally«, sagte sie, als das Mädchen, blaß, mit geröteten Augen und zitternder Stimme ihr gute Nacht wünschte.
»Sehr wohl, Madam –«, es klang nicht sehr überzeugend. Sehr leise, wie aus weiter Ferne,

hörte sie lächelnd, wie die Mädchen ein Kirchenlied sangen.
Sie lag noch lange wach, lauschte den Geräuschen der Nacht, dem Knacken im Gebälk, dem leisen Klopfen einer Tür, dem Rascheln der Blätter und dem klagenden Ruf einer Eule.
Etwas später ertönte der jubelnd verliebte Gesang der Nachtigall, begleitet vom zarten Saitenklang zirpender Grillen, und aus der Ferne, geruhsam und beruhigend, das Quaken der Frösche vom See.
Eine schmale orangefarbene Mondsichel glitt über der dunklen Silhouette der Bäume empor, ein Strahl tastete zu ihrem Bett, rückte langsam weiter, umfing den Strauß süßduftender roter Rosen, den sie beim Portal gefunden hatte, glitt zu den anderen Fenstern, entschwand.
Sie schlief ein zum Klang dieser pastoralen Symphonie.
Seit ihrer Jugend war ihr Erwachen nicht so unbeschwert gewesen wie an diesem Morgen, als der neue Tag, noch in graue, dann opalfarbene Dunstgewänder gehüllt, vor den Fenstern erschien, gekrönt vom verblassenden Morgenstern, angekündigt von Lerchengesang und dem allmählich lauter werdenden Lärmen der Vögel, dem Rauschen der Bäume, von der Brise, die kühl duftend über sie hinwehte.
Sally erschien zur gewohnten Stunde.
Sie sah blaß und übernächtig aus. Beide Mädchen

hatten in der ungewohnten Umgebung nicht zu schlafen vermocht, da sie überall Geräusche zu hören vermeinten, die nur von Gespenstern verursacht werden konnten.
»Ich möchte auf der Terrasse, neben der Kanone frühstücken, Sally.«
»Und was wünscht Madam heute anzuziehen?«
Mrs. Cullins entschloß sich für ein weißes Leinenkleid mit kleinem Matrosenkragen und gelbem, breitrandigem Strohhut mit breitem blauem Seidenband.
»Sobald alles hier völlig geordnet ist, müssen Sie meine Kleider kürzen. Ich will fußfreie Kleider tragen – etwas kürzer als fußfrei.«
Sally starrt sie fassungslos an.
»Auch die guten Kleider, Madam? Auch das schöne Grünseidene? Und das rotsamtene Kleid mit den Spitzen?«
»Ja, auch die guten Kleider. Meine Abendkleider habe ich ohnehin nicht mitgenommen.«
»Ich glaube, sie ist krank, sie will kurze Kleider tragen«, sagte Sally zu Margret, die nur zustimmen konnte.
Mrs. Cullins frühstückte geruhsam und ausgiebig auf der sonnenwarmen Terrasse. Es gab weder Post noch Zeitungen, diese wurden erst gegen Abend von den Dorfbewohnern mitgebracht, wenn sie von der Arbeit zurückkehrten. Aber zu ihrem Erstaunen gab es frischgebackenes Brot mit einer dicken Goldkruste. Sally berich-

tete, es wäre in aller Frühe schon von einem alten Fräulein gebracht worden, vom Postfräulein, die auch eine Gemischtwarenhandlung bediente. »Sie bittet um Madams Kundschaft, Madam«, fügte Sally hinzu. Ihre Stimme zitterte, sie vermochte kaum zu sprechen.
Mrs. Cullins warf dem gemessen auf der Terrassenbrüstung stolzierenden Raben Brotkrumen zu.
»Sie werden sich bald an das Leben in Clarence gewöhnen Sally, die Landluft ist gesünder als der Staub in der Stadt.«
»Ja, Madam«, sagte Sally leise.
»Wir wollen den Raben Nero nennen, weil er so schwarz ist.«
»Sehr wohl, Madam –«, und Sally fügte hinzu, daß sie Halle und Zimmer säubern und dann die mitgebrachten Vorräte aufräumen würden. »Der Staub liegt überall fingerdick«, wagte sie hinzuzufügen.
»Lassen Sie sich Zeit – nichts hat hier Eile.«
Zu Sallys Entsetzen nahm Mrs. Cullins ihren Hut ab und legte ihn auf die Kanone.
Sie wird einen Sonnenstich bekommen, dachte sie besorgt, sie hat noch nie ihren Hut im Freien abgenommen. Ladies nehmen ihre Hüte nicht im Freien ab. Aber Mrs. Cullins setzte ihren Hut auch nicht wieder auf, als sie zum See ging.
Lange Zeit saß sie am Ufer, nahe der Bootshütte. Auch von hier aus sah man das Meer zwischen

den Baumstämmen. In der Ferne sank ein Schiff, spielzeugwinzig, am Horizont herab. Zwei Segelboote glitten dicht nebeneinander, wie verliebte Schmetterlinge, über kleine, schaumgekrönte Wellen: hellrosa, ein dunkelrotes Segel.
Pfeildurchbohrte Herzen, Namen und Jahreszahlen waren auf der Rückwand der Bank eingeritzt, vernarbte Buchstaben und Zahlen, von kleinen Moostupfen umgeben.
Was wurde wohl aus Albert, wo ist Jenny, die mit ihm, vor dreißig Jahren, im eingekerbten Herzen vereint war?
Wessen Wappen war ein windschiefes Schild, das von zwei seltsamen Bibern – oder waren es Eichhörnchen – aufrecht gehalten wurde?
Wer war Mary, wer Lissy? Was bedeutete das kleine Kreuz im dornenverzierten Oval?
Sie blickte zum zart verschleierten Himmel empor, an dem kleine, festgeballte Wolken unbekanntem Ziel zustrebten.
»Jinny liebt Tommy –«, war dicht neben ihrer Hand eingekerbt.
Eine Möwenschar stieg mit schrillem Schrei vom Meer auf, entschwand im Dunst.
Ich habe etwas in meinem Leben versäumt. Das Wichtigste, wirklich zu lieben – wirklich geliebt zu werden. Nein, vielleicht doch nicht – ihre Gedanken streiften zu einer Gestalt, sie hörte eine Stimme, erblickte für einen Augenblick eine Gestalt, wie so oft in letzter Zeit.

Sie stand auf, nickte im Vorübergehen dem steinernen Tigerkopf zu, beugte sich über eine Fasanenhenne, die auf ihrem Nest hockte und mit schräggeneigtem Kopf zu ihr aufblickte. Ihr Federkleid leuchtete kupfern im Sonnenstrahl, der durch das Dickicht drang.

»Du brauchst keine Angst zu haben, hier wird nicht gejagt . . .«

An diesem ersten Tag unternahm sie ihren ersten Gang ins Dorf und verstand, warum Mr. Smith es nur flüchtig erwähnt und zur Rückkehr gemahnt hatte. Dorf Clarence bestand zwar noch – aber die meisten Tudorhäuser mit ihren von netzartigen Balken durchzogenen Wänden waren verlassen, verfallen, von Unkraut überwuchert. Die drei noch bewohnten Häuser zeigten deutliche Spuren geplanten Verlassenwerdens: Türen und Fenstersimse waren nicht mehr gestrichen, die kleinen Gärten verwahrlost.

Wenn Mr. Smith geahnt hätte, wie wenig mich dies kleine Inselpompeji stört, würde er nicht in einem fort die Uhr gezogen und an den letzten Zug nach London erinnert haben, dachte sie.

Ein großes Schild hing über einem kleinen Laden, dessen Auslage in einem Fenster untergebracht war:

GEMISCHTWAREN – POSTAMT

Inhaberin Aramella Joy

Miß Joy begrüßte sie in freudiger Dienstbeflissenheit. Sie war ein zartes kleines Wesen in einem zu weiten, buntgeblümten blauen Kleid mit gestärktem Kragen, von dem ein schmaler Spitzenkatarakt auf die flache Brust fiel. Sehr helle blaue Augen lächelten unter sorgfältig frisiertem Haar, das von einem schwarzen Samtband gehalten war.
Mrs. Cullins dankte für die Brotversorgung und bat um regelmäßige Lieferung. Dann machte sie mehrere Einkäufe, die Miß Joy nachmittags abliefern wollte.
»Ich bin leider nur bis September hier, Madam. Ich ziehe zu meiner Schwester, weil bis dahin alle Bewohner abgewandert sind, bis auf die Jonsons, die natürlich nie fortziehen werden, solange diese Insel besteht.« Miß Joys Tätigkeit als Postfräulein war symbolisch. Sie bestand darin, etwaige Briefe irgend jemand mitzugeben, der hinüberfuhr.
Der winzige Laden mit seinen bunten Dosen, den sorgfältig bezettelten kleinen Schubfächern, dem gläsernen Behälter mit den durch Feuchtigkeit zusammenklebenden Süßigkeiten erinnerte sie an einen Kaufladen, den sie als Kind besessen und in dem sie künstliche Miniaturwaren für imaginäre Kunden abwog, verpackte, um sie in imaginären Häusern abzuliefern, in Baumhöhlen des elterlichen Parks, auf dem Dachboden.
Sie schlug Miß Joy vor, ihre Vorräte aufzukaufen,

wenn sie die Insel verließ, und Miß Joy errötete in freudiger Überraschung unter der blassen, zerknitterten Haut, die ihr Gesicht wie ein feines Spinnwebnetz bedeckte.

»Es wird mir schwerfallen, mein kleines Geschäft zu verlassen – aber wenn man alt wird, möchte man nicht allein sein, Madam.«

Mrs. Cullins stimmte ihr nicht zu, sondern sprach einige unverbindlich liebenswürdige Worte, ehe sie den Laden verließ.

Diesmal schlug sie einen schmalen Seitenweg ein, der zwischen dichten, hohen Hecken entlang zu einer Mauer führte, deren oberer Teil mit in der Sonne glitzernden Gasscherben besteckt war.

Eine schmale, geborstene Tür war in ihr eingelassen. Sie stieß sie vorsichtig mit ihrem Sonnenschirm auf und stand in einem tropisch bunten, sorgfältig gepflegten Garten, dessen eine Mauer die Rückwand des Schlosses bildete.

Schmale, kiesbestreute Wege führten zwischen Gemüsebeeten, Tomatenstauden und Bohnenstangen entlang. Frühlingsgrüne Blätterschöpfe krönten Karotten und Kartoffelbeete. Pfirsichblüten und die festgeballten kleinen grünen Kugeln der Weintrauben hingen am Spalier der Südmauer.

Ein Ziehbrunnen stand in der Mitte. Sein kunstvoll gelegtes Strohdach war von einem Kreuz aus Stroh gekrönt.

Überall jedoch waren kleine Blumenbeete angelegt, überall standen Blumenschalen und Blumentöpfe, teils glasgeschützt, teils zeigten sie das leuchtende, glasiert schimmernde Grün junger Blätter und die ersten Blüten. Von einem verwitterten Steinpostament hingen blühende Geranien herab, Schwertlilien standen feierlich Spalier vor einem frischen Beet. Und überall blühten Rosen, rankten sich Rosen über eine Pergola, die von einem Gartenende zum anderen führte.

Kaum erblühte dunkelrote Rosen glühten in einer Mauerecke. Ihr süßer Duft vermischte sich mit dem geruhsamen Summen der Bienen, die in dichtem Goldstrom aus kleinen, weißgestrichenen Holzhütten ein- und ausflogen.

Ein Märchengarten, eine Oase – oder eine Fata Morgana? – in dieser Wildnis. Warum hatte Mr. Smith ihr diesen Garten nicht gezeigt?

Wußte er vielleicht nichts davon?

Oder war es einer jener Zaubergärten, die man nur einmal erblickt?

Und wer gestaltete dies alles in solcher Vollkommenheit, stimmte Farben und Formen der Blumen und Pflanzen aufeinander ab?

Eine Biene landete auf ihrer Hand, schwirrte davon. Schmetterlinge spielten in der flimmernden Mittagsluft.

Wer war der Gärtner, der dies, nahe einer Ruine, auf einer Insel, in der alle und alles ver-

gessen schien, so liebevoll pflegte wie in der Vergangenheit?
Sie beugte sich über den Brunnenrand, als könne von dort Antwort kommen. Aber alles blieb still, bis auf das verspielte Surren von zwei Libellen, die ihr Wasserbildnis erzittern ließen.
Von irgendwoher ertönte mit einem Male ein Geräusch, sie schrak zusammen, dachte an Clovers warnende Worte von ihrer bedrohten Sicherheit. Schritte knirschten auf dem Weg, ein Mann erschien hinter dem dichten Vorhang des Bohnenspaliers. Er trug die breite grüne Schürze, die alle Hauptgärtner großer Häuser tragen, einen sonnverblaßten, breitrandigen Strohhut, ein rotes Halstuch. Sein Gesicht war hager und sonngebräunt, mit ernsten dunkelblauen Augen. Er blieb einige Schritte von ihr entfernt stehen, nahm die Pfeife aus dem Mund, zog seinen Hut: »Ich bin Jonson, der Gärtner, Madam. Meine Frau, Mabel, und ich hätten gern etwas im Schloß aufgeräumt, aber das Portal war verschlossen – und durch eines der zerbrochenen Fenster einzusteigen hätte sich nicht geschickt. So legten wir bloß den Rosenstrauß nieder. – Es wird ein besonders gutes Jahr für Obst und Gemüse werden. Sogar die Melonen haben schon angesetzt. Und Rosen – Rosen blühen hier früher und länger als irgendwo. Es soll am Golfstrom liegen.« Er hielt inne, fügte leiser hinzu: »Ich weiß nicht, ob Madam von Mylord unterrichtet wurde.

Er versprach mir damals, als er das Schloß verließ, uns an den neuen Besitzer zu empfehlen. Ich bin der sechste Jonson, der dem Clarenceschen Haus dient, und Eltern und Großeltern meiner Frau haben stets im Schloß gearbeitet. Wenn Madam unsere Dienste brauchen sollte –«
Sie reichte ihm die Hand.
»Ich bin nur zu froh, einen guten Gärtner zu haben. Und Ihre Frau wird vielleicht meine verängstigten Stadtmädchen beruhigen, denn sie fürchten sich.«
»Ich werde sie heute hinüberschicken, Madam.«
Sie blickte ihn prüfend an:
»Wann haben Sie Ihr letztes Gehalt bekommen, Jonson?«
Er zögerte, senkte den Kopf, räusperte sich:
»Mylord Clarence hat es in den letzten Jahren schwer gehabt. Meine Frau und ich haben die Schwierigkeiten verstanden. Wir trauern noch immer um die Bildergalerie, sie war eine Sehenswürdigkeit – aber sie mußte wohl fortgebracht werden.«
»Und wann haben Sie Ihr Gehalt zuletzt bekommen?« wiederholte sie.
Er sagte leise, sein Gesicht, sein Hals röteten sich:
»Als Mylord sich vor drei Jahren zum Verkauf entschloß, hat er uns gestattet, über alles zu verfügen, was hier im Garten wächst. Auch über den Honig. Letzten Herbst haben wir von einem Schwarm allein achtundsiebzig Pfund geschleu-

dert – und über vierhundert Pfund drüben verkauft – wir durften auch Holz schlagen. Im Sommer haben wir drüben Obst und Gemüse verkauft – und Eier. Wir haben keine Not gelitten, Madam.«

»Sie bekommen Ihr Gehalt heute abend für die letzten drei Jahre.«

»Ich danke, auch im Namen meiner Frau. Den Park werde ich allmählich in Ordnung bringen.«

»Ich möchte vorläufig nur, daß Sie den Weg zum See etwas frei machen und die Tiger vom Unkraut befreien. Keinen breiten Weg, Jonson, nur gerade breit genug für eine Person. Vor allem möchte ich nicht, daß nistende Vögel gestört werden.«

»Unsere Insel ist seit langen Jahren ein Vogelparadies, Madam. Seit dem großen Unglück, von dem Madam vielleicht gehört hat, wurde vom damaligen Mylord bestimmt, daß kein wildes Geschöpf gestört werden darf.«

Sie hätte gern gefragt, ob dieses Unglück die Verbrennung des Neugeborenen wäre, sagte aber dann bloß, er solle Gemüse und Salat ins Schloß bringen, wenn er sein Gehalt hole.

Jonson begleitete sie bis zur Tür, schnitt eine gelbe Rose mit blaßroten Streifen ab, überreichte sie ihr, als wäre sie ein Kronjuwel:

»Für diese Rose habe ich voriges Jahr drüben den ersten Preis bekommen.« Dann schloß er sorgfältig die Tür hinter ihr.

So leicht es war, einen Gärtner zu finden, so schwierig war es, die beiden Mädchen von ihrer panischen Gespensterfurcht zu befreien. Es schien auch nicht zu helfen, daß sie jeden Abend gedämpft das Kirchenlied zum Schutz vor Unwetter und allerlei Gefahren in der Küche sangen:

Fels der Stärke, spalte dich,
Vor allem Unglück schütze mich . . .

Diese Furcht wurde nicht etwa, wie sie gehofft hatte, durch Mabel Jonsons Gegenwart besänftigt, sondern nur geschickt geschürt. Unter dem Deckmantel der Ermunterung, angeregt vom Erfolg, den sie erzielte, versicherte sie den beiden Verängstigten, daß der verbrannte Säugling erst wieder im Winter, am Tag seiner Ermordung, weinen würde, »– aber dann hört man es durch das ganze Schloß, armer Darling«.
Die berüchtigte Lady Christobelle jedoch wäre erratisch in ihrem Erscheinen. Sie hatte ihren Gatten ermordet – »er war dreißig Jahre älter, und junges Blut liebt junges Blut« –, zur Strafe war sie von ihrem Vater im alten Teil eingemauert worden. Dann gab es noch einen Ritter Clarence, der sein Haupt in Händen trug – »Piraten haben es ihm abgeschlagen, aber er sitzt nur manchmal in der Halle oder kommt die Treppe herauf«.

Mabel Jonson versicherte, daß diese Gespenster nichts gegen die Reitenden Mönche wären, die an gewissen Vollmondnächten auf grauen Pferden mit grauem Zaumzeug durch das Schloß galoppierten, »– wahrscheinlich ärgern sie sich, daß ihre Kapelle jetzt nicht mehr dem papistischen Hokuspokus dient«, fügte Mabel hinzu.
Margret hatte einmal diese Mönche Mrs. Cullins gegenüber erwähnt. Ihre Reaktion war unerwartet, sie sagte bloß leichthin, mit einem Lächeln:
»Wie interessant. Ich hoffe, sie reiten einmal durch mein Wohnzimmer. Ich habe mir immer gewünscht, Gespenster zu sehen – arme, harmlose Wesen.«
Das Ehepaar Jonson machte sich bald unentbehrlich. Sie umgaben sie mit ängstlicher Fürsorge, als fürchteten sie, diese neue Herrin könnte mit einem Male die Flucht ergreifen, denn beide Jonsons waren seit Generationen dienende Menschen gewesen und liebten es, nicht nur zu dienen, sondern ihre Dienstgeber zum Mittelpunkt des eigenen Lebens zu machen. Sie füllten Blumenvasen, entzündeten mächtige Feuer im Hallenkamin, lehrten die unerfahrenen Mädchen die Pflege der Lampen. Unter Mabels Händen erglänzten die zwei Kaminsessel, der Eichentisch, die Rüstungen und Waffen an den Wänden, Spinnweben verschwanden, und bei Anbruch der Dämmerung wurden kleine buntbeschirmte Notlichter zu Füßen der Treppe und auf

der Galeriebrüstung entzündet. Eine hohe Kupferlampe, von irgendwoher aus ihrem Schlummer gerissen, breitete warmen goldenen Schein auf die Steinfliesen der Halle. Die steinernen Vasen der Terrasse wurden von Unkraut befreit, Geranien blühten scharlachrot in ihnen, und ein frischer kleiner Rosenstrauch stand jeden Tag auf der Kanone neben ihrem Frühstückstablett.

Aus der Welt, die sie verlassen hatte, kamen hin und wieder Briefe über Clovers Adresse. Freunde baten, ihnen mitzuteilen, wo sie sich augenblicklich auf ihrer Weltreise befinde, andere wieder deuteten an, daß sie wohl kaum allein zurückkehren würde. Eine entfernte Verwandte, Kusine Kay, erwähnte diskret, daß es im Leben einer Frau im gewissen Alter gewisse Störungen gäbe, die sie hoffentlich bald überwinden würde – und von Clover kam ein Schreiben, in dem er sich besorgt nach ihrem Ergehen erkundigte.

An ihre Kusine schrieb sie einen kurzen Brief: »Ich glaube, daß manche Menschen in ihrem Leben mehr Ruhe und weniger menschlichen Kontakt brauchen. Ich gehöre zu den Ruhebedürftigen und will jetzt nachholen, was ich so lange entbehrte. Ich bin ganz einfach ein altes Dornröschen, das seinen Traum ungestört träumen möchte – mit dem Unterschied, daß mein Ruhebedürfnis nicht durch eine Spindel, sondern durch ein mir wesensfremdes Leben verursacht wurde, das ich zu lange führen mußte.«

Und an Clover schrieb sie:
»Ich wünsche, nicht gestört zu werden, wie ich Ihnen bereits mehrmals mitgeteilt habe. Mein Leben ist nicht gefährdet und wird auch weiterhin nicht gefährdet sein, soweit ich dies beurteilen und voraussehen kann.«
Sie gab den Brief an Kusine Kay in den Umschlag, der den Brief an Clover enthielt, und brachte ihn auf ihrem Nachmittagsspaziergang zum Postamt.
Miß Joy lächelte bedauernd und erklärte, es könne mehrere Tage dauern, bis Leute wieder die Überfahrt wagten. Bei diesem Sturm wäre es zu riskant. Und sie fügte hinzu, daß die letzten Dorfbewohner und auch sie selbst sich jetzt doch entschlossen hätten, schon Ende September fortzuziehen, ehe die schweren Herbststürme einsetzten.
Mrs. Cullins blickte über die Schulter des kleinen Wesens hinweg auf den bunten Kalender, der am Knopf der Lade für Zucker hing: 20. September. Sie hatte kaum bemerkt, daß die Tage kürzer wuden, ihr Leben hatte sich dem Rhythmus der Jahreszeiten harmonisch eingefügt. Sie lebte mit ihnen. Ihre Tage verliefen still, entspannt – und viel zu rasch. Die Zeiten zwischen morgendlichem Erwachen und Gang zum Garten, in dem sie lange Gespräche mit Jonson führte, der ihr, wenn auch zuerst widerwillig, dann voller Stolz, eine eigene Rosenecke zugeteilt hatte, die Nach-

mittage mit Stickerei und Lektüre glitten vorüber, die Dämmerung, der Abend kamen stets zu rasch. Zwischen dem Morgen und dem Entzünden der Lampe schienen nur Minuten, nicht Stunden zu liegen. Es war, als wolle sie in diesem neuen Dasein alles Versäumte nachholen, alles Ersehnte erfüllen, weil die Zeit wie Sand zwischen ihren Fingern verrieselte.
Der dichte graue Nebel lichtete sich jetzt erst oft gegen Mittag. Zuweilen hüllte er die Insel tagelang in feuchtschweren Dunst, der wie feiner Rauch durch alle Ritzen drang, die Halle erfüllte, so daß Lampenschein und Kaminfeuer von blaugoldenem Glorienschein umgeben waren.
An einem der seltener werdenden ruhigen Sonnentage, der wie ein Abschiednehmen, eine Erinnerung an die Pracht des Sommers war, meldete Sally, daß drei Herren sie zu sprechen wünschten.
»Sagen Sie ihnen, daß ich niemand erwarte und für niemand zu sprechen bin.«
»Ich habe ihnen bereits gesagt, daß Madam niemand empfängt. Aber sie sagen, es wäre wichtig, sie müßten Madam sprechen. Sie gehen nicht fort, Madam, sie warten in der Halle.«
»Was für Leute sind es?«
Sally senkte den Kopf. Sie war in den letzten Wochen noch stiller, noch scheuer als sonst. Die frommen Angstgesänge der beiden Mädchen setzten jetzt schon bei Anbruch der Dämmerung

ein, aber Mrs. Cullins, die zwar lange Kirchenlieder nicht liebte, ließ sie singen, vielleicht würden sie mit der Zeit ihre Furcht vertreiben.
»Ich weiß nicht, Madam, sie sehen aus wie – wie Detektive.«
»Was für einen Unsinn reden Sie bloß, Kind.«
Sally entschuldigte sich. Sie hätte gern hinzugefügt, was sie schon längst bei Gelegenheit hatte sagen wollen – aber Mrs. Cullins lächelte bloß, wiederholte: »Unsinn –«, und ging an ihr vorüber in die Galerie. Den Kopf gerade haltend, schritt sie die Treppe zur Halle hinunter, wie Mademoiselle Durand es sie in der Tanzstunde als junges Mädchen gelehrt hatte, wenn sie ihr ein Buch auf den Kopf legte und sagte: »Und jetzt, nicht zu langsam, nicht zu schnell, eine Stufe nach der anderen nehmen, ohne das Buch zu verlieren, wenn ich bitten darf – nicht auf die Stufen sehen – ge-ra-de!«
Drei Herren in dunklen Anzügen, schwarzen, steifen Hüten und sorgfältig zusammengerollten Regenschirmen standen im breiten Sonnenstrahl, der durch die weitgeöffneten Portalflügel fiel. Sie begrüßten sie, gemessen-ernst, wie Angestellte eines Bestattungsinstitutes, die berufsmäßig Trauermiene zur Schau trugen.
Sie fragte in dem Ton, den sie früher anschlug, wenn sie lästige Besucher empfangen mußte:
»Was wünschen Sie?«
Der eine Dunkelgekleidete trat einen Schritt vor,

murmelte einen unverständlichen Namen und sagte: »Wir sind von Regierungsseite beauftragt, Kontakt mit dem neuen Bewohner von Clarence aufzunehmen. Es handelt sich um die Instandsetzung des alten Schloßteils, der von Interesse zum Studium mittelalterlicher Bauten ist . . .«

»Ich habe kein Interesse an Restaurierungsarbeiten – das Interesse der Regierung kommt etwas spät. Ich wünsche nicht, durch irgendwelche Arbeiten gestört zu werden. Ich wünsche, in Ruhe zu leben.«

Die drei Herren begannen mit einem Male zugleich in kurzen, synkopierten Sätzen zu sprechen und hoben wie Marionetten abwechselnd Hüte und Stöcke: »Die Regierung legt größten Wert auf die Instandsetzung. – Besonders auf den alten Teil. – Es handelt sich um die Erhaltung historisch wichtiger Bauten. – Man weiß nicht, was die Zukunft bringen kann.«

Und der Dunkelgekleidete fügte hinzu: »Es handelt sich auch um die physische Sicherheit der Bewohner.«

»Ich lebe in dem noch gut erhaltenen Teil – und meine physische Sicherheit ist meine eigene Angelegenheit. – Ich möchte Ihnen ein für allemal klarmachen, daß ich keinerlei Störung und keinerlei Instandsetzungsarbeiten gestatte. Im übrigen mache ich Sie auf die Notiz aufmerksam, die am Landesteg angebracht ist und das Betreten meines Besitzes bei Strafe untersagt.«

Der Dunkelgekleidete, der zuerst gesprochen hatte, sagte jetzt:
»Im Notfall könnte die Insel ein wichtiger strategischer Punkt sein, Madam – die Instandsetzung und Benutzbarkeit des einen Gebäudeteils liegt daher nicht nur im historischen, sondern auch im nationalen Interesse.«
»Was meinen Sie damit?«
»Ich kann leider nicht mehr sagen. – Wir sind hergekommen, Sie um Ihr Einverständnis zu bitten, ehe wir unsere Leute herüberschicken.«
Sie überlegte rasch: Ihr erster Eindruck stimmte, es waren Offiziere in Zivil – kurzgeschnittene Schnurrbärte, klare, höflich gedämpfte Stimme, aber offensichtlich eine Stimme, die zu kommandieren gewohnt war.
»Ich habe Ihnen meinen Standpunkt klargemacht. Wenn Sie noch irgend etwas wissen wollen, so wenden Sie sich an meinen Londoner Anwalt Clover & Clover, der alles für mich erledigt.«
Sie nickte ihnen abschiednehmend zu, stieg dann langsam wieder die Stufen empor, als trüge sie immer noch ein Buch auf dem Kopf.
Aber sie war beunruhigt.
Was sollten diese mysteriösen Bemerkungen bedeuten?
Wollten die unerwünschten Besucher bloß auskundschaften? Beabsichtigten sie, was Clover für sie fürchtete? War ihre Sicherheit vielleicht doch

bedroht? Erst vor wenigen Monaten hatte sich ein angeblicher Marineoffizier als Einbrecher und Dieb entpuppt.
Sie setzte sich in die Fensternische, beobachtete den Rückzug der Eindringlinge, deren schwarze Kleidung und gemessener Gang in seltsamem Kontrast zu der bunten Herbstpracht stand, in der die Bäume rings um das Schloß glühten.
Dann schrieb sie an Clover:
»Ich bin mir nicht mehr klar über die wirklichen Absichten dieser Leute, die Sie vielleicht aufsuchen werden. Sollten sie das jedoch nicht tun, bitte ich, die Polizei zu benachrichtigen, man möge hin und wieder die Insel patrouillieren.«
Seine Antwort war unerwartet:
»Es gibt ein Ermächtigungsgesetz, das Ermächtigungsberechtigte dazu berechtigt, sich über die Eigentumsrechte eines Besitzers hinwegzusetzen, falls eine nationale Notlage entstehen sollte. Wir müssen hoffen, daß es nicht nötig sein wird, diese Befugnisse anzuwenden, und daß die obenerwähnte Notlage, die dies Eingreifen gestattet, sich nicht ergeben wird. Zu meinem Bedauern muß ich Ihnen sagen, daß es in diesem Fall keinerlei wirksamen Einspruch gibt, da es sich um ein noch gültiges Gesetz handelt, und daß die betreffende Stelle somit rechtlich befugt ist, alles Notwendige anzuordnen.«
Sie schüttelte lächelnd den Kopf, als sie seine gewundenen Erklärungen las.

Dann hörte sie nichts mehr, weder von Clover noch von der Stelle, die er erwähnt hatte, und vergaß das Ganze, denn es gab so viel anderes zu tun.
Der Spätherbst, der die Bäume mit den leuchtenden Farben des alternden Jahres gefärbt hatte, war längst in kühles, kahles Wintergrau übergegangen. Die frischen Blumen in Halle und Zimmer waren durch Strohblumen und die kunstvoll von Jonson erhaltenen Zweige von Rotbuchen ersetzt worden. Lavendelduft erfüllte ihr Zimmer, schwere Eichenscheite knisterten, es roch nach Holz und Harz und ein wenig nach Äpfeln, die Mabel und die Mädchen in der Speisekammer aufbewahrten, unter den langen Reihen der Bretter, die die eingekochten Früchte trugen – Regenbogenfarben einer reichen Ernte. Und, wie Mabel betonte, mehr als ausreichende Vorräte, um eine monatelange Belagerung durch die Winterstürme zu überdauern.
Mabel Jonson erwähnte schon hin und wieder, daß es nicht mehr lange bis zum Weihnachtsabend wäre, und Jonson deutete an, daß er eine kleine Tanne im Auge habe, »nicht zu groß, nicht zu klein«.
An einem Dezemberabend, als sie Sally geläutet hatte, um das Teegeschirr abzuräumen, erschienen beide Mädchen und baten schüchtern um eine Unterredung. Mrs. Cullins blickte sie an: »Ich weiß, daß mein Leben hier kein Leben für

junge Mädchen ist. Sie gehören in die Stadt. Ich wollte es Ihnen schon längst sagen – habe es aber bis nach Weihnachten aufgeschoben.«

»Wir haben alles versucht, uns einzugewöhnen, Madam –«, stammelte Sally, und Margret fügte mit ihrer hohen Stimme hinzu:

»Wir haben nur noch Angst, Tag und Nacht. Jetzt im Winter noch mehr als sonst. Man kann nirgends hingehen. Überall ist es dunkel.«

»Die vielen leeren Zimmer –«, ergänzte Sally, »– und Miß Joy und die anderen Leute aus dem Dorf sind auch fort –«

»Sonderbar, und ich habe die leeren Zimmer wirklich ganz vergessen.« Mrs. Cullins fügte beruhigend hinzu: »Ich bin Ihnen nicht böse – am besten, Sie packen Ihre Sachen und fahren mit dem Boot zurück, das unsere Vorräte bringt.«

»Madam wird gut versorgt werden. Die Jonsons würden gern hier einziehen. Wie haben schon mit ihnen darüber gesprochen – die Jonsons sind ja an alles hier gewöhnt und fürchten sich nicht.«

»Ich habe auch schon daran gedacht. – Und natürlich bekommen Sie beide Ihr Weihnachtsgeschenk.«

»Wie gut Madam ist –«, sagte Sally.

»Ich versuche nur, gerecht zu sein und zu verstehen, weiter nichts.«

Mabel Jonson erschien unter einem nichtigen Vorwand am nächsten Tag. Mrs. Cullins bemerkte, daß sie nicht mehr ihr Alltagskleid

trug, sondern ein schwarzes Kleid mit breiter weißer Schürze und eine weiße Haube mit langen Bändern.
»Ich habe gehört, daß Sie für die beiden Mädchen einspringen wollen, Mabel?«
Mabel Jonson strich über die Schürze:
»Wir haben längst bemerkt, daß die beiden jungen Dinger hier nicht glücklich sind. Wir würden Ihnen gern dienen, Madam. Unser Cottage ist schon so baufällig, und jetzt, wo nicht nur Miß Joy, sondern auch die anderen Leute fortgezogen sind, spürt man, wie verlassen unser kleines Dorf ist. Es ist kein gutes Gefühl, die letzten Bewohner zu sein, Madam. Aber hier im Schloß sind wir zu Hause – wir wissen genau, was Madam braucht . . .«
Sie blickte Mabel an. Wie alt mochte sie sein? Älter als sie selbst – nein, bestimmt ein Dutzend Jahre jünger, schätzte sie.
»Sie können sich die zwei Zimmer einrichten, sobald die Mädchen fort sind.«
Mabel Jonson erwiderte im gedämpften Ton, in dem Generationen von Dienstleuten zu ihren Dienstherren sprachen:
»Ich danke auch im Namen von Mr. Jonson, Madam. Madam wird den Entschluß nicht bereuen.«
Kurz vor Weihnachten, als die Mädchen fortgezogen waren und Jonsons sich häuslich eingerichtet hatten, erhielt sie einen Brief von Clover,

der ihr ein gutes Fest wünschte. Und dann fügte er einen Satz hinzu, den sie nicht ganz verstand: »Ich habe gehört, daß die geplanten Arbeiten nach der Frostperiode beginnen werden, und bitte nochmals zu berücksichtigen, daß es sich nicht ausschließlich um die im nationalen Interesse auszuführenden Restaurierungsarbeiten handelt, die sich auf ein noch in Kraft befindliches Gesetz stützen, sondern auch um gewisse vorbeugende Maßnahmen, die in weitblickender Voraussicht geplant sind und die Wünsche des Einzelmenschen und seine Interessen und Wünsche demzufolge nicht wie bisher berücksichtigen können –«, und er riet ihr, sich diesen Maßnahmen nicht zu widersetzen, falls die geplanten Arbeiten in absehbarer Zeit beginnen sollten.

Wenn Clover bloß einmal einen einfachen Brief in verständlichen Sätzen schreiben würde, was sollen all diese geheimnisvollen Andeutungen? Warum kann ich auf meinem Besitz mit einem Male nicht mehr tun und lassen, was ich will?

Guter, anständiger, in Paragraphen verstrickter Clover, dachte sie und legte seinen Brief beiseite, nachdem sie einen Nachsatz gelesen hatte: »Baden-Powell soll übrigens bei einem Besuch der Insel Grey die Eingebung zur Gründung der Pfadfinderbewegung bekommen haben und wählte wohl nicht umsonst den auch heute noch gültigen Wahlspruch ›Seid bereit‹.«

Die Lampe auf dem kleinen Tisch neben dem Kamin brannte schon seit Stunden und warf ihren warmen Schein über ihr Buch und ihre Stickerei.

Draußen herrschte ein kalter, grauer Wintertag, den die schweren Gardinen aus dem vertrauten Raum bannten. Der Nebel war so dicht, daß sie nur an den Mauern entlangtastend ihren Spaziergang machte, um nicht den Weg zu verlieren.

Jetzt, wo die beiden Mädchen fort waren, erklangen keine Kirchenlieder aus der Küche, um Geister- und Gespensterfurcht zu bannen, denn Mabel und Jonson nahmen alles, was mit Clarence zusammenhing, als selbstverständlich hin – Natürliches und scheinbar Übernatürliches, von dem sie sich hin und wieder berichten ließ. Selbst wenn das Ehepaar sich gefürchtet haben sollte, so hätte es niemals Furcht gezeigt, weil traditionelle Dienstdisziplin dies nicht erlaubte. Aber es schien Mrs. Cullins, als wären sie genauso stolz auf legendäre Erscheinungen und Geräusche wie auf die glanzvolle Vergangenheit, die sie vom Hörensagen kannten.

Mabel Jonson hatte ihr Amt feierlich, mit unerschütterlicher Festigkeit übernommen. Sie vereinte jetzt in einer Gestalt Zofe, Köchin, Haushälterin, Torbeschließerin und Majordomus. Sie war absolute und unbeirrbare Herrscherin in allem, was sie zu ihrem Pflichtenkreis zählte. Sie hatte während der ersten Monate von den beiden

Mädchen gelernt, was Mrs. Cullins brauchte, und umgab sie fürsorglich und still. Niemals stellte sie überflüssige Fragen, kam oft Wünschen zuvor, noch ehe sie ausgesprochen wurden. Dies bedeutete jedoch nicht, daß sie mit allem einverstanden war, was sie Mrs. Cullins' ›sonderbare Fangel-Dangels‹ nannte, nämlich jene äußerliche Wandlung, die die Wandlung des inneren Menschen kennzeichnete – wovon Mabel nichts ahnte. Mabel war konservativ. Sie war gegen das drastische Verkürzen aller Kleider und Röcke und hätte am liebsten die Säume wieder ausgelassen. Sie war gegen das Entfernen der Kragenstäbchen und Fischbeine in den Taillen. Sie war entsetzt, daß Mrs. Cullins, deren Figur zart und schlank wie die eines jungen Mädchens geblieben war, das Korsett abgelegt hatte, das ihr die Stundenglasgestalt gab. Und sie war fassungslos, daß sogar die blonde Wollunterlage, über die sie ihr Haar bauschte, ebenso im Kamin verbrannt wurde wie die kleinen Alexandra-Stirnlöckchen, die, an feinem Golddraht angebracht, zuletzt unter den Haaraufbau geschoben und dort mit vielen Haarnadeln befestigt wurden.
Von beengenden Kleidungsstückchen befreit, nicht mehr besorgt, die im Sommer so lästige Wollunterlage könne doch zum Vorschein kommen, wenn sie den Hut abnähme – hutlos, entspannt, elastisch, von den lang nachschleppenden weiten Röcken befreit, war sie mit einem

Male verjüngt und elastisch in ihren Bewegungen. Es hätte Mabel beunruhigt, wenn sie gesehen hätte, wie Mrs. Cullins sogar zuweilen kleine Hindernisse im Sprung nahm.
Aber diese befremdlichen Neuerungen waren die einzigen Einwände, die sie gegen ihre Herrin hatte.
Diplomatisch-diskret versuchte sie, ihnen entgegenzuwirken, indem sie hin und wieder von einer Lady Clarence berichtete, die qualvoll am Sonnenstich gestorben war, als sie es gewagt hatte, in der Mittagssonne hutlos zu promenieren. Aber Mrs. Cullins nahm keine Notiz von diesen verschleierten Warnungen.
Vielleicht lag es an ihrer genauen Tageseinteilung, daß die Zeit so rasch zu entschwinden schien. Vielleicht lag es daran, daß jedem glücklichen Menschen die Zeit zu rasch verfliegt.
Zuweilen dachte sie morgens an die vergangenen Zeiten, die Jahrzehnte zurückzuliegen schienen, an ein hastig eingenommenes Frühstück, an ein eben begonnenes Buch, das beiseite gelegt werden mußte – vor allem aber dachte sie an eine Stimme, die streng, wenn auch sehr freundlich mahnte, daß heute dies oder jenes erledigt werden müßte, dachte an das kleine rote Buch, in dem sie ihre Tageseinteilung eintrug und das jetzt mit dem Vermerk ›Finis‹ in einer Schreibtischschublade ruhte.
Etwas später unternahm sie ihren Morgenspa-

ziergang, während die Zimmer aufgeräumt wurden. Nach dem Mittagsmahl ruhte sie für kurze Zeit, ging dann in den Garten, der jetzt kahl, grau, zuweilen mit dünner Schneedecke überzogen, dem Frühling entgegenschlummerte. Dann nahm sie ihre Stickerei oder ein Buch vor. Diesen Stunden zwischen Mittag und Nacht sah sie jeden Tag mit erneuter Freude entgegen.
Wenn die kleine Kaminuhr leise warnend zu schnarren begann, das ewig lächelnde, verliebte Schäferpaar seinen kurzen Tag beendete und der sechste Glockenschlag verklungen war, klopfte Mabel diskret an und brachte den Tee, der zugleich ihre letzte Mahlzeit war.
Mabel tat dies langsam, traditionsgemäß, als zelebriere sie einen geheiligten Ritus, wie er wohl in diesem Gebäude seit Jahrhunderten ausgeführt wurde. Das gekochte Ei unter seiner gestrickten Haube, die Teekanne unter dem von Mrs. Cullins mit Sonnenblumen bestickten Wärmer, die frisch jeden Tag gebackenen Muffins, Scones und Crumpets in der schweren Silberschale, bedeckt von einem Damasttuch, die dünnen Brotscheiben, die neben die handlich zurechtgelegte Toastgabel gelegt wurden, denn Mrs. Cullins liebte es, ihr Brot selbst am Kaminfeuer zu toasten – all diese Gegenstände mußten handlich geordnet werden, ehe sie den Tee auf die Sahne goß und Wasser in die Teekanne nachfüllte. Dann stellte sie die silberne Handglocke

neben die Zuckerdose, hängte den perlbestickten Klingelzug auf die Sessellehne und wartete auf das verabschiedende »Danke, Mabel, was für einen schönen Tee haben Sie mir heute wieder zubereitet«, und verließ das Zimmer, um ihren Feierabend mit Jonson zu verbringen, der in den Wintermonaten Bäume fällte und Holz hackte. Etwas später würde die Glocke sie zum Abräumen rufen, und einige Stunden später mußte sie Mrs. Cullins beim Entkleiden helfen. Ihr Dienst war beendet, wenn sie die letzten Eichenscheite für die Nacht in die Kamine der zwei Zimmer und in den Hallenkamin gelegt hatte. Dann wurden die kleinen Lampen auf der Galerie, zu Füßen der Treppe und im ›Thronzimmer‹ nachgefüllt, worauf sie sich mit Jonson noch eine Zeitlang in die Lektüre von Kriminalromanen vertiefte.

Mabel vergaß nie – obwohl sie diesem Wunsch ungern folgte –, im sogenannten Vogelzimmer das Morgenfutter für die Vögel auszustreuen. Dieser Raum war die ehemalige Bibliothek, in der das eine Fenster völlig zerbrochen war und die anderen offenstehen mußten. Mrs. Cullins hatte nicht geahnt, wie viele verschiedene Vogelarten es gab, und zu ihnen gesellten sich in der kalten Zeit Eichhörnchen, die lärmend auf den alten Bücherregalen umherturnten. Jonson hatte zwar zuerst einen schwachen Einwand gegen diese Futterstelle erhoben. Später hatte er sich mit dem

Gedanken versöhnt, denn das, was er beim Reinigen des Raumes zusammenkehrte, war ein willkommenes Düngemittel für seinen Garten.
Die Zeit verging. Der erste Winter und die wartende Stille der Erde, die dem Frühling entgegenträumte, war eines Tages vorüber. Vogelstimmen begannen zögernd zu singen. Kleine, festgeballte Knospen erschienen an Bäumen und Sträuchern. Der Flieder auf dem Rasenrondell vor der Terrasse erblühte. Tulpen und Narzissen leuchteten gleich bunten Laternen im frühlingsgrünen Gras, und Jonson besprach ausführlich mit ihr, auf welche Blumen sie für den kommenden Sommer besonderen Wert legte. Sie bestimmte Geranien für die Steinvasen der Terrasse – so, wie sie geplant hatte, als sie das Schloß zum erstenmal besuchte.
Ein Jahr war seit ihrem Einzug vergangen. Es war wie *ein* langer, glückseliger Tag gewesen, in dem die Winterkühle dem Morgen, die Sommermonate der Mittagsstunde und der Herbst mit seinem letzten bunten Glühen der kommenden Dämmerung glich.
Auf ihren Spaziergängen fand sie zuweilen hier und dort Spuren der Vergangenheit: einen zweiten Pavillon, in dem ein unvollendetes Gemälde neben einem Korbstuhl lehnte – die marmorne Figur einer Göttin, von der Mabel wegwerfend bemerkte, sie wäre von einer Ausländerin aufgestellt worden, die irgendein Clarence einmal

geheiratet hatte – eigentlich müßte man sie entfernen. Aber Mrs. Cullins erwiderte bloß, daß ihr die in ein enganliegendes Moosgewand Gehüllte gefiele.
Eine Steinbank an der Südspitze der Insel war ihr Lieblingsplatz. Von hier aus sah sie am Horizont langsam Schiffe entlangziehen. In der letzten Zeit zogen mehr Schiffe als sonst vorüber. Jonson hatte gesagt, es wären Kriegsschiffe, die manövrierten – denn es sähe nicht gut in der Welt aus.
Auf dem Weg zum See, der jetzt ausgerodet und mit goldgelbem Kies bestreut war, hatte sie Jonson gerade noch hindern können, eine alte Kinderschaukel zu entfernen, die von einem Ast herabhing.
Clarence mußte ein schöner Besitz gewesen sein, als Kinderstimmen ertönten und besorgte Nannies nach Schützlingen riefen.
Auch dies ging an mir vorüber – aber man soll das, was einem der Augenblick schenkt, dankbar genießen und nicht zurückblicken.
An einem drückend warmen Tag im Juli ging ein schweres Gewitter nieder und zwang die mächtigen alten Bäume, sich mühsam ächzend vor seiner Gewalt zu verneigen. Dann zogen die dunklen Wolken landeinwärts, und strahlend blauer Himmel kam zum Vorschein.
Das Vorratsboot war gekommen, sie hatte die mitgebrachten Zeitungen achtlos beiseite gelegt und Mabels Bemerkung überhört, daß es so dun-

kel in der Welt aussähe wie das Gewitter – »nur, daß das dann nicht so schnell vorübergehen wird, Madam.«

Auf ihre Frage, ob sie diesmal nicht mehr Vorräte für das nächste Mal bestellen solle, weil man doch nie wisse, ob man sie nicht benötigen würde, hatte sie bloß gleichmütig geantwortet, sie solle anschaffen, was sie für notwendig halte, worauf Mabel dem in der Küche wartenden Boten Auftrag gab, das nächste Mal das Vierfache an Mehl, Zucker, Reis und Konserven zu bringen.

»Ich verstehe Madam nicht. Sie muß doch gelesen haben, was vor sich geht«, sagte sie zu Jonson, der mürrisch erwiderte, sie solle endlich mit ihren trüben Ahnungen Schluß machen – Mitte Juli finde die Rosenausstellung statt, und sein bester Busch wäre von der schwarzen Pest befallen.

Am Nachmittag desselben Tages, als das dumpfrhythmische Klopfen des Vorratsbootes längst verklungen war, hörte Mrs. Cullins Schritte auf der Terrasse.

Die Portalglocke erklang, obwohl das Portal weit offenstand. Hoffentlich kein Ausflügler, der das Schloß besichtigen will, wie neulich, dachte sie. Oder kommen die Arbeiter für die Restaurierungsarbeiten? Das bedeutet Lärm – Hämmern, fremde Menschen. Clover hat neulich wieder geschrieben, ich müsse erlauben, daß der alte

Teil instand gesetzt wird. Bis auf das Rote Zimmer, das unberührt bleiben darf – sie lächelte –, nicht weil ein Mord dort ausgeführt wurde, sondern weil Königin Elizabeth dort geschlafen haben *soll.*

Als Mabel diskret klopfte, denn um diese Zeit, zwischen Lunch und Nachmittagsspaziergang, wünschte sie nicht gestört zu werden, sagte sie bloß, ohne von ihrem Buch aufzublicken:

»Sagen Sie den Leuten, sie müßten ein für allemal das andere Portal benützen und nicht durch die Halle gehen. Es ist schlimm genug, daß sie überhaupt kommen – Hämmern habe ich mein ganzes Leben lang nicht ausstehen können.«

»Es ist ein Herr, Madam, kein Arbeiter, auch kein Ingenieur. Er läßt sich nicht abweisen . . .«

»Wieder einer von den drei Herren, die voriges Jahr hier waren, Mabel?«

»O nein, Madam. Er sagte, Madam kenne ihn . . .«

Mrs. Cullins blickte auf.

Mabel stand unbeweglich neben der Tür, die Hände über der weißen, gestärkten Schürze gefaltet. Es schien ihr, als betrachteten sie die grauen Augen mit einem Schimmer von Neugier. Aber Mabels Stimme blieb gleichmäßig diskret gedämpft wie stets:

»Es ist ein Gentleman, Madam. Er wartet in der Halle. Ich glaube, Madam sollten ihn empfangen.«

»Wirklich, Mabel, warum?«
»Ich glaube, es wäre besser, Madam«, antwortete Mabel.
Mrs. Cullins stand auf, legte das Buch nieder und warf einen gewohnheitsmäßigen Blick auf die Stelle über dem Kaminsims, wo in früheren Jahren in allen ihren Zimmern in aller Welt stets ein Spiegel zu hängen pflegte. Jetzt hing dort, unter Glas, in einem bescheidenen schwarzen Holzrahmen, ein Sampler, den sie im Winter gearbeitet hatte – jene altmodischste aller Handarbeiten, Stickproben verschiedenster Art, vom kindlich-einfachen Kreuzstich bis zum Petit Point –, ein Stickereigemälde, vom Alphabet angefangen bis zu einem Spruch. Und dazwischen Blumen, Blätter, Ranken und verschlungene bunte Bänder. In einer Ecke hatte sie ihren Namen eingestickt und das Datum, an dem sie ihre Arbeit beendet hatte: 30. April eintausendneunhundertzehn und vier.
»Wie gut, daß Madam heute das schöne blaue Musselinkleid gewählt hat. Es steht Madam besonders gut, sogar Jonson hat es bemerkt, und Jonson merkt selten etwas«, sagte Mabel von der Tür her. Mrs. Cullins warf ihr einen raschen Blick zu. Es war ungewöhnlich, daß Mabel eine Meinung äußerte, ohne gefragt zu werden. Aber Mabels Gesicht blieb undurchdringlich, bis auf diesen seltsam beobachtenden Schimmer ihrer Augen.
»Soll ich Kaffee servieren, Madam?«

»Selbstverständlich nicht – wahrscheinlich ist es jemand, der wegen der geplanten Restaurierungsarbeiten kommt – oder ein Versicherungsbeamter –«
»Nein, Madam, keines von beiden«, sagte Mabel und öffnete die Tür, um sie an sich vorübergehen zu lassen. Aber statt in ihre Küche zurückzukehren, blieb sie auf der Galerie stehen, den Kopf lauschend zur Seite geneigt.
Mrs. Cullins schritt langsam die Treppe hinunter, den Kopf gerade erhoben, wie sie es früher gelernt hatte. Der breite Sonnenstrahl, der durch die geöffneten Portalfenster fiel, berührte ihre Füße, glitt mit jedem Schritt höher, umfing bald ihre ganze Gestalt. Sie sah unendlich jung und zart in dem duftigen blauen Kleid mit den kleinen rosa Rosen und der breiten blauen Seidenschärpe aus. Ihr schönes, regelmäßiges Gesicht war leicht gebräunt unter dem lichtblonden Haar. Sie ähnelte einem aus seinem Rahmen gestiegenen Porträt von Gainsborough, als sie einen Augenblick zwischen den grünen Holzbutten mit den Geranien stehenblieb, die am Treppenaufgang aufgestellt waren. Ein Mann in hellem Anzug saß vor dem Kamin, die Füße auf die kupfernen Stützen gelegt, als wäre er ein Bewohner und kein Gast. Ihr Schritt war so leicht, daß er sie erst hörte, als sie den Hallenboden erreichte.
Er sprang auf, kam ihr entgegen, sehr groß,

hager, das Gesicht nicht deutlich erkennbar gegen das blendende Sonnenlicht.
»Wie gut, Sie endlich wiederzusehen, Noella – wie gut, nach all diesen langen Jahren . . .«
Er neigte den Kopf etwas zurück. Aus dem großen Bogenfenster fiel gedämpftes Licht auf sein Gesicht.
»Aber das ist doch nicht möglich – Anthony Elpington – Tony . . .«
Er nahm ihre Hände.
»Ich bin kein Gespenst, Noella, wirklich nicht . . .«
»Sie waren doch in Indien . . .«
»Ich *war* dort. Habe ich mich so verändert, daß Sie daran zweifeln, ob ich es wirklich bin?«
Er legte seine Hand leicht auf ihren Arm ging langsam mit ihr durch die Halle auf die sonnenüberflutete Terrasse.
Ihr roter Korbstuhl stand neben der überwachsenen Kanone, auf der sie ihr Buch hatte liegen lassen. Er nahm es auf, sagte: »Madame Bovary – ein herrlicher Roman –, wie seltsam, daß Sie gerade dies jetzt lesen.«
»Ich kann es noch immer nicht glauben, daß Sie es wirklich sind – woher wissen Sie, daß ich hier lebe?«
»Das ist einer jener seltenen Zufälle – oder Schicksal –, wie Sie es gerade nennen wollen. Im Ministerium wurde vorgestern eine gewisse Noella Cullins erwähnt, die sich gegen Arbeiten

sträubt, die das Ministerium für notwendig hält und ausführen will. Man beratschlagte, ob man nicht noch einmal jemand hinübersenden sollte, der ihr auf diplomatische Weise klarmacht, daß diese Arbeiten leider notwendig sind, besonders jetzt. Auch Staatsbeamte haben ein gewisses Verständnis für unsere nationale Mentalität, das Heim eines Menschen als unantastbare, uneinnehmbare Festung zu betrachten. Damit nur keine Schwierigkeiten gemacht werden, vor allem aber, um peinliche Zwischenfälle zu vermeiden, wollte man noch einen Versuch zu gütlicher Einigung machen – denn die früheren Abgesandten gaben eine höchst eindringliche Schilderung ihrer Vertreibung aus dem Paradies. Als ich Ihren Namen hörte, erbot ich mich, dies Amt zu übernehmen. Man fürchtet die Folgen von Sarajewo, Noella – es könnte zu einem Konflikt kommen –«

»Was hat die Ermordung des österreichischen Thronfolgers mit uns zu tun?«

»Die meisten Kriege beginnen aus lächerlicher Ursache. Besonders dann, wenn jemand gern Krieg führen möchte und von Ruhm träumt. Vergessen Sie nicht, daß wir mit Frankreich und Rußland verbündet sind. Wenn der Kaiser sich in den österreichischen Konflikt einmischen sollte, werden wir in etwas hineingezogen, das wir nicht wünschen. Wir müssen auf alle Eventualitäten gefaßt sein. Aus diesem Grund will man hier Einquartierungsmöglichkeiten für einen Beobachtungsposten schaffen – natürlich im anderen Teil des Schlosses . . .«

»Das ist ein Eingriff in persönliches Eigentum.«

»Ich weiß – aber es geschieht auch nur im äußersten Notfall –, einige Räume müssen bewohnbar gemacht werden – ob sie je benutzt werden, ist eine andere Frage. Ich hoffe, es kommt nicht soweit. Am besten wäre es, wenn Sie für die Dauer eines Krieges fortzögen – Frauen sind am besten außer Schußweite –«

»Ich werde nie fortziehen, ganz gleich, was geschieht.«

»Genauso bestimmt wie früher –«, er blickte sie prüfend an. Sie entsann sich deutlich dieser dunklen Augen, die jetzt von einem feinen Faltennetz überzogen waren wie sein ganzes hageres Gesicht, das wie aus Holz gemeißelt war. Damals war dies Gesicht straff und glatt gewesen – wie sehr muß ich mich verändert haben –, er ist Spiegel der Zeit, die vergangen ist, dachte sie bestürzt.

»Ich weiß, Sie werden die Notwendigkeit dieser Maßnahmen einsehen, nicht wahr?«

»Bleibt mir etwas anderes übrig?«

»Nein, natürlich nicht, so wie die Weltlage augenblicklich aussieht – aber wir wollen nicht mehr vom Krieg sprechen. Ich habe zu lange auf diesen Tag und diese Stunde gewartet. Ich wußte immer, daß er einmal kommen würde, aber ich wußte nicht, wann es sein würde – und dann verlor ich Ihre Spur –«

»Cullins trat in den Ruhestand, wir zogen kurz vor seinem Tod nach London – und ich kam bald hierher –«

Der Rabe Nero flatterte von seinem Beobachtungsposten in der Eiche auf die Terrassenbrüstung und starrte zu ihnen herüber.

»Wie schön Sie hier wohnen, Noella – und so friedlich –, gerade jetzt, wo der Friede wieder einmal vertrieben werden könnte . . .«

»Seitdem ich hier lebe, nehme ich jeden Augenblick wie ein herrliches unerwartetes Geschenk hin, nein, wie eine Leihgabe, die mir vielleicht nur kurze Zeit überlassen ist . . .«

»Wir wollen hoffen, daß sie Ihnen nicht genommen wird, und wenn, auch nur vorübergehend . . .«

»Ich verlasse die Insel nicht.«

»Krieg ist ein böses Spiel, Noella – Frauen gehören außer Schußweite –«

»Ich fürchte mich nicht – ich habe mich auch nicht gefürchtet, als meine zwei Londoner Mädchen vor angeblichen Gespenstergeräuschen zitterten. Nicht einmal das Weinen von einem Kind, das lebend verbrannt wurde, habe ich gehört –«, sie fügte leiser hinzu: »– aber vielleicht hören das nur Mütter.«

»Sie haben immer Mut gehabt. Ich erinnere mich an unseren letzten Ritt in der Campagna, als Ihr

Pferd durchging. Ihnen machte es scheinbar Spaß – alle anderen waren besorgt.«

»Ja, das war meine gute alte Lora. Sie scheute oft vor etwas, das ich nicht sah – wahrscheinlich sehen Tiere Dinge, die unsere Augen nicht erkennen.«

Sie schwiegen eine Zeitlang, umgeben vom leisen Blätterrauschen und dem Gesang der Vögel.

»Ist es nicht zu still und einsam hier, nach Ihrem früheren Leben?«

»Mein früheres Leben war unruhig und leer. Hier ist es erfüllt. Ich wünsche mir nur, so weiterleben zu dürfen.«

»Genau so?«

Sie zögerte einen Augenblick, sagte dann, ohne ihn anzusehen:

»Ja – genau so.«

»Damals dachte ich, daß es für Sie noch eine andere Lebensweise geben könnte – haben Sie das alles vergessen?«

»Aber nein, Tony, natürlich nicht.«

Sie schwiegen wieder, keiner wagte es, die Stille mit Worten zu durchbrechen.

Mabel war inzwischen fieberhaft in der Küche tätig. Schon die erlauschten Begrüßungsworte hatten ihr klargemacht, daß dies ein Besuch war, auf den man sich gebührend vorbereiten mußte.

Jonson, der eben von seiner Gartenarbeit

zurückkehrte, wurde zu seinem Erstaunen beauftragt, sofort einem der Masthühner den Hals umzudrehen.

»Warum denn, heute ist doch nicht Sonntag?«

»Frag nicht so dumm, heute ist ein Tag wie Sonntag –«, und Jonson ging mit einem bedauernden Blick auf das bereitstehende Tablett, denn er war eigentlich gekommen, um Tee zu trinken. Aber an Mabels Gesicht und ihrer Geschäftigkeit merkte er, daß es jetzt keinen Tee für ihn geben würde.

Und kurz darauf erschien sie auf der Terrasse, brachte ein Tablett mit der alten silbernen Kaffeekanne, bunte Biskuits, hauchdünn geschnittene Sandwiches, einen rasch glacierten Kuchen, der eigentlich für Jonson bestimmt war, stellte die kleine Handglocke neben den Sahnegießer und sagte dann:

»Wünscht Madam noch etwas?«

»Nein, danke, Mabel.«

»Was für einen Torhüter Sie in ihr haben«, bemerkte er, als Mabel im Portal verschwunden war. »Erst als ich ihr erklärte, daß ich Sie zuletzt vor zehn Jahren gesehen habe, bequemte sie sich dazu, mich zu melden.«

»Es waren zehn Jahre im Mai, Tony –«

»Wie schön, daß Sie sich erinnern. Für mich war es gestern – besinnen Sie sich auf den Ball bei Biginis?«

»Es war unerträglich heiß im Saal –«

»– und wir wollten allein sein. Ich werde die drei Terrassen nicht vergessen: die eine hell erleuchtet, die zweite im Halbdunkel von bunten Lampions, die dritte in völliger Dunkelheit, und ganz Rom mit all seinen Lichtern zu unseren Füßen. In einem fort schlug irgendeine der dreihundertfünfundsechzig Kirchen irgendeine Stunde. Es war unser letzter Abend. Wenn ich damals bloß gesagt hätte, was ich sagen wollte, ehe man mich versetzte – vielleicht wären Sie doch mit mir gekommen . . .«

»Nein – ich mußte wohl das Cullinssche Leben leben. *Den* Mut, anders zu leben, hätte ich doch nicht aufgebracht –«, der Rabe flatterte auf ihre Schulter, pickte gierig die Krumen, die sie ihm hinhielt, »– und jetzt bin ich eben so etwas wie eine alte Hexe, in einem alten Schloß, mit dem traditionellen Raben – mit dem einzigen Unterschied, daß ich nicht in Vollmondnächten auf einem Besen herumfliege.«

»Wenn alle Hexen so schön und jung wären –«

Sie unterbrach ihn rasch: »Ach, Tony – sagen Sie: Wollen Sie zum Abendessen bleiben?«

»Ich habe bis morgen Urlaub. Um elf muß ich mich beim Generalstab melden. Abends fahren wir vielleicht schon nach Frankreich.«

»Ist es wirklich schon wieder so weit, daß die Menschen sterben müssen? Hat die Welt nicht genug von Kriegen? Wir erholen uns doch eben erst vom Burenkrieg.«

»Man sieht die Lage als ernst an. Wie stets, treffen wir unsere Vorbereitungen zu spät, in aller Eile. Genauso, wie wir leider meistens die ersten Schlachten verlieren, ehe wir einen Krieg gewinnen. Aber niemand bei uns denkt gern an Kampf und Sterben, wenn das Segelwetter so schön ist und die Gärten blühen. Man denkt lieber an –«, er unterbrach sich, »– wir müssen mit unseren Verbündeten beraten –«
»Wie lange werden Sie drübenbleiben?«
»Das ist unbestimmt –«
Sie schüttelte die kleine Handglocke, und er sagte:
»Wissen Sie noch, wo wir sie zusammen kauften und was ich Ihnen damals sagte?«
»Ja – ich weiß –«, und zu Mabel, die so rasch erschien, als hätte sie in der Halle gewartet, sagte sie:
»Sir Anthony bleibt zum Abendessen – haben wir überhaupt etwas für unseren Gast?«
Mabels Gesicht blieb undurchdringlich:
»Um wieviel Uhr wünscht Madam zu dinieren?«
»Ich habe noch gar nicht gefragt, wann Sie zurückfahren wollen.«
»Oh, irgendwann, ich habe das Boot für unbestimmte Zeit gemietet und mich selbst hierhergesegelt.«
Sie sagte zu Mabel, die mit dem unbeteiligten Gesicht einer Schwerhörigen den Tisch abräumte:

»Also, um acht Uhr.«
»Sehr wohl, Madam.«
»Sie sieht so unerbittlich aus wie unsere alte Kinderfrau«, bemerkte er.
»Sie ist das Endprodukt einer langen Reihe von dienenden Frauen, die es lieben, einem Menschen zu dienen und ihn zu behüten . . .«
Er sagte nachdenklich:
»Aber ist es nicht doch manchmal zu einsam, selbst für Sie, die Sie dies Leben gewählt haben?«
»Niemals, keinen Augenblick. Die Tage sind immer zu kurz, und die Zeit vergeht hier so schnell –«, sie stand auf, sagte in einem anderen Ton: »Sie müssen den Park und die Kapelle sehen. Meine Seerosen sind dieses Jahr nicht so schön wie voriges Jahr. Vielleicht kommt es mir auch nur so vor, weil ich sie voriges Jahr zum erstenmal hier sah.«
Sie gingen dicht nebeneinander den schmalen Weg entlang, den Jonson vom Schloß zum See gebahnt hatte. Die Kinderschaukel schwankte leise am Eichenast, als säße ein unsichtbares, träumerisch-verspieltes Kind auf ihr und berühre nur hin und wieder den dichten Moosteppich, um sie in Bewegung zu halten. »Ich kann verstehen, warum Sie gern hier leben, Noella – aber muß es für immer sein?«
»Genau kann man wohl niemals sagen, ob man dies oder jenes endgültig tun oder lassen wird. Ich ahnte ja auch nicht, daß ich einmal in meinem

Leben eine Insel besitzen würde. Für mich ist dies hier Heimat und Hafen und Glück – ein wunderbares Glück –«, sie wandte ihm ihr Gesicht zu. Er dachte, wie schön ist diese Frau, ahnt sie, wie sehr sie geliebt wird – fürchtet sie sich, weil sie keinen persönlichen Ton aufkommen läßt?

Sie blickte flüchtig in das tiefgebräunte Gesicht, auf diese vertrauten Züge, dachte erschreckend, es wäre besser, wenn er nicht gekommen wäre – dieser Tag, diese Stunden sind so schön, aber so kurz. Der Sommernachmittag ist halb vorüber. Morgen um diese Zeit ist dieser kurze Augenblick nur noch eine Erinnerung, ein wiedererweckter Schmerz – morgen ist Klang und Gegenwart nur noch eine Laterna-Magica-Platte, die hin und wieder bunt aufleuchtet. Morgen um diese Zeit gehe ich allein hierher – morgen lese ich weiter ›Madame Bovary‹ und gehe in den Garten, um meine Rosen zu versorgen. – Um sechs Uhr bringt Mabel meinen Tee. Dann kommt die Nacht. Werden meine Nächte jetzt so ruhig sein wie bisher?

Seine Stimme rief sie zurück aus ihren Gedanken:

»Warum haben Sie eigentlich damals nicht auf meinen Brief aus Delhi geantwortet, Noella?«

»Ich dachte, es wäre richtiger – ich weiß, es war unhöflich – es tut mir leid –, aber es war doch zwecklos, Tony, sehen Sie das nicht ein?«

Er beantwortete ihre Frage nicht, sondern sagte bloß: »Das Richtige ist nicht immer das Schönste . . .«
Sie blickte vor sich hin.
Er nahm sein Taschenmesser, begann eifrig an der Rückwand der Banklehne zu schnitzen: »Warum sollen wir nicht auch diesen Tag hier festhalten – genau wie die anderen –, viel Platz ist nicht mehr – zuviel glückliche Menschen haben versucht, etwas von *dem* Augenblick festzuhalten –, die Franzosen nennen es poetisch *moment éphémère* . . .«
»Ich habe mich oft gefragt, was aus diesen Menschen geworden ist. Wahrscheinlich sitzt eines Tages jemand hier, der sich dasselbe fragt, wenn er all diese Buchstaben entziffert.«
Er betrachtete das Datum, die zwei Anfangsbuchstaben ihrer Vornamen, sagte langsam: »Wieviel lieber möchte ich mich über Unkraut und Schnecken und Spatzen in einem Garten ärgern oder über eine plötzliche Flaute beim Segeln, anstatt mit anderen älteren Generalstäblern über Pläne zu beraten, die den Untergang einer Welt, unserer Welt, bedeuten könnten –«, er hielt erstaunt inne, blickte sie an, denn sie hatte sich mit einer heftigen Bewegung erhoben, als wolle sie etwas abschütteln.
»Ich möchte Ihnen noch die Kapelle zeigen, Tony – dann haben Sie alles Sehenswerte gesehen –«, zugleich dachte sie, als sie neben ihm herging, so

hätten wir all diese Jahre gehen können, wenn ich den Mut gehabt hätte, ihm zu folgen – und dann wieder dachte sie, vielleicht ist es besser, daß es so gekommen ist. Als sie unter dem Küchenfenster vorbeigingen, hörten sie Mabels erregte Stimme, Tellerklappern und dazwischen Jonsons tiefe, bedächtige Stimme.

»Ich glaube, meine gute Mabel wird versuchen, etwas vom alten Clarenceschen Glanz zurückzuzaubern, von dem sie mir so oft erzählt hat. In der Vergangenheit, als die Clarences noch reich waren, wurden Banketts für hundert Gäste serviert – Wildschweinsköpfe, gebratene Schwäne und Enten, und die großen Ledergefäße wurden immer wieder mit Wein gefüllt. Ein armer kleiner Mohr, ein *paramour*, den irgendein Clarence einmal zusammen mit Tigerfellen von einer Afrikajagd mitgebracht hatte, mußte beim Servieren mithelfen – armer kleiner Schokoladenmohr –, er lebte nicht lange.«

»Ich hoffe nur, daß mein Besuch keine allzu große Arbeit für Ihre Dienerin verursacht.«

»Im Gegenteil, Mabel genießt es und ist stolz, zu zeigen, was sie kann.«

»Und Sie, Noella – hat mein Besuch Sie in Ihrem neuen Leben gestört?«

»Ich freue mich über Ihren Besuch, Tony«, sagte sie leise.

Das Sonnenlicht war erloschen, als sie die Kapelle betraten. Die Gestalten der heiligen Rit-

ter, der Blumen und Ranken in den Fenstern waren dunkel und ernst.
Sie standen eine Weile schweigend nebeneinander.
Er hätte gerne ihre Hand berührt. Aber er blieb regungslos schweigend neben ihr stehen, bis sie sich umwandte und dem Tor zuschritt.
Der Rabe Nero begrüßte sie mit heiserem Krächzen, als sie auf die Terrasse zurückkehrten, und flatterte auf ihre Schulter.
Sie strich zärtlich über sein glänzendes schwarzes Gefieder:
»Gute Nacht, Nero –« Er blickte sie mit schräggeneigtem Kopf an und flatterte davon.
Die Lampe brannte auf dem Eichentisch in der Halle. Das Feuer knisterte im Kamin, warf verspielt rotglühende Funken empor. Es roch nach Rosen, Harz und bittersüß nach den Geranien, die zu Füßen der Treppe standen.
Er blieb stehen, blickte sich um:
»Sie haben es gut hier – und diese wunderbare Stille . . .«
An den Wänden schimmerten die Rüstungen vergessener Ritter.
»Ja – Sie haben es gut hier.«
»Ich weiß, Tony – und ich bin so dankbar für all dies –, immer mit einer leisen Angst, daß es mir genommen werden könnte . . .«
Mabel hatte bereits den Tisch im Wohnzimmer gedeckt. Die große, buntgeblümte Lampe warf

ihren goldenen Schein auf Silber und Porzellan. Die Kerzen auf dem Kamin und an der Wand flackerten leise im Luftzug, der durch die weitoffenen Fenster hereindrang. Blumengefüllte Vasen standen auf ihrem Schreibtisch, den Fensterbrettern, dem Kaminsims.

Über den Baumwipfeln glühte ein schmaler rotgoldener Streifen, und über ihm hingen die blaugrauen Schleier des verlöschenden Tages.

Sie saßen einander schweigend gegenüber, bis Mabel diskret klopfte. Sie trug ihr sonntägliches Dienstkleid aus schwerem Alpaka, eine mit Schweizer Stickerei besetzte Schürze und ihre breite Sonntagshaube mit den langen, gestärkten Bändern.

»Darf serviert werden, Madam?«

»Haben Sie wirklich etwas Gutes für unser Dinner, Mabel?«

»Ich hoffe, Madam wird zufrieden sein.«

Vom Park ertönte der Ruf der kleinen braunen Eule, die im Uhrenturm nistete.

»Sie leben auf *der* weltfernen, friedlichen Insel, nach der sich so viele Menschen besonders jetzt sehnen, ohne sie zu finden.«

»Verstehen Sie, warum ich gern hier so weiterleben möchte wie bisher – ohne Störung – vor allem ohne Einquartierung?«

»Vielleicht wird es möglich sein. Ich wünsche es Ihnen –«, er wollte etwas hinzufügen, schwieg jedoch.

Die Uhr auf dem Kaminsims räusperte sich, das lächelnde Schäferpaar begann seinen kurzen Tanz, blieb jäh bei dem achten Schlag der Abendstunde stehen.

»Sie stand damals in Rom im kleinen Salon, an dem Tag, als ich Ihnen die ersten Veilchen brachte . . .« Sie erhob sich schweigend, ging zum Schreibtisch, zog eine Lade auf, entnahm ihr eine kleine Schachtel, auf der in verblaßten Goldbuchstaben ›Souvenir‹ stand: »Hier sind Ihre Veilchen, Tony –«, sie hob ein verdorrtes Sträußchen mit morschem Seidenband vorsichtig empor, »– nicht alles, was ungesagt bleibt, ist vergessen –« Sie barg es rasch wieder in der Lade, denn es klopfte leise an die Tür.

Diesmal erschien Jonson. Er hatte einen schwarzen Anzug an und trug, etwas unsicher, in weißbehandschuhten Händen das Tablett.

»Ich ahnte bis heute nicht, daß ich nicht nur einen perfekten Gärtner, sondern anscheinend auch einen perfekten Butler habe«, sagte sie, als er das Zimmer verlassen hatte. Es war Mabel in der Tat gelungen, ein Dinner zuzubereiten.

Sie hatte kleine, zierliche Horsd'oeuvres aus Sardinen, Tomaten und Radieschen auf winzigen Toaststücken improvisiert, es gab eine delikate Gemüsesuppe, ein gebratenes Huhn, eine zartrosa Süßspeise.

Mrs. Cullins blickte die Champagnerflasche im silbernen Kühler nachdenklich an:

»Woher hat sie bloß den Sekt? Ich weiß genau, daß ich keinen Wein mitgebracht habe –«
Er hob das Glas prüfend gegen das Kerzenlicht: »– noch dazu Jahrgang 1899, der sich in pures Gold verwandelt hat. Ich danke Ihnen für diesen Abend, Noella, darf ich *›au revoir‹* sagen?«
Sie beantwortete seine Frage nicht, sondern sagte bloß:
»Morgen um diese Zeit sind Sie vielleicht schon in Paris?«
»Ich weiß nicht – vielleicht. – Ich wäre lieber mit Ihnen in meinem Boot nach Frankreich gesegelt. Es heißt ›Flamingo‹, ist blaßblau, hat ein rotes Segel und fliegt über das Wasser wie ein Vogel . . .«
»Ich bin eine schlechte Seglerin, Sie würden sich schämen . . .«
»Wir könnten einen ruhigen Tag wählen, mit einer leichten Brise, die uns noch gerade zum anderen Ufer bringt . . .«
Mabel erschien, um das Kaffeegeschirr fortzuräumen.
»Hat Madam noch Wünsche?«
»Nein, danke. Und Dank für das gute Dinner, Mabel.«
Mabels Gesicht erhellte sich.
»Danke, Madam. – Soll Mr. Jonson später Mylord zum Landesteg begleiten?«
»Ich werde selbst mitgehen, Mabel.«
»Sehr wohl, Madam. Ich stelle die Laterne vor die Tür.«

Als sie gegangen war, sagte er:
»Was für ein Zerberus –«
»Sie behütet mich – zuweilen etwas zu sehr.«
Sie schwiegen wieder eine Zeitlang. Zwischen ihnen schwebten unausgesprochene Gedanken, ein wenig Unsicherheit und die Furcht, dies zarte Netz zu zerstören, das kaum gesponnen war.
»Ich kenne ein kleines Fischernest, Villers-sur-Mer, an der französischen Küste. In der Nähe von Trouville. Wenn dieser Unsinn mit dem Krieg nicht drohte, würde ich gern mit Ihnen dorthin segeln – an einem fast windstillen Tag natürlich«, wiederholte er, beugte sich vor, nahm ihre Hände.
Das Kerzenlicht vom Kamin warf kleine, verspielte Schatten über ihr Gesicht.
»Hören Sie mich, Noella –«
Sie antwortete nicht gleich.
»Ach, mein Lieber, für all dies ist es zu spät. Man muß jung und unbekümmert sein. Unbelastet von einer Vergangenheit – vor allem aber jung. Jedes Ding hat seine Zeit, Frühling und Winter. Jugend und Liebe. Wenn ich ein Baum oder ein Busch wäre, würde ich sagen: Für mich ist es Herbst geworden. Auch diese Jahreszeit muß man hinnehmen. Ich liebe den Herbst und fürchte nicht den Winter . . .«
»Haben Sie sich nicht in etwas hineingeredet?«
»O nein – ich kann bloß nicht mehr ›süß lächeln‹, wie die Dichter singen. Das ist keine

Klage, kein Bedauern, sondern die Feststellung einer Tatsache.«
»Ihr Lächeln war immer sparsam –«
»Ich hatte wenig Ursache für Heiterkeit –«
»Es ist niemals zu spät, ein neues Leben zu beginnen –«
»Das – habe ich ja schon getan, hier –«
»– und in diesem Leben ist kein Platz für mich?«
Sie wollte erwidern: Ja – wollte erwidern: Ich weiß nicht – wollte aber auch wieder sagen: Nein – und schwieg.
»Warum haben Sie meine römischen Veilchen ein Jahrzehnt aufbewahrt?«
»Es ist ein Andenken an etwas, das hätte sein können.«
Er stand auf, blickte zu ihr nieder. Im unsicheren Flackerlicht der Kerzen, umfangen vom Schein der Lampe, sah sie unendlich zart und jung aus. Warum habe ich damals nicht ihren Widerstand überwunden, dachte er.
»Ist dies zufällige Treffen nicht doch etwas Schicksal oder ein Fingerzeig?«
»Ich weiß nicht, Tony – aber ich bin froh, daß Sie gekommen sind.«
Die kleine Uhr auf dem Kaminsims rasselte, das Schäferpaar drehte sich zögernd und erstarrte.
»Besinnen Sie sich auf Ihre Frage, damals? Sie wollten wissen, was für eine Melodie da gespielt wurde? Es ist ein uraltes französisches Liebeslied: *Plaisir d'amour ne dure qu'un instant, douleur*

d'amour dure toute une vie . . .« Und in anderem Ton fügte er hinzu: »Ich glaube, es ist wohl die Zeit, um die Ihre Hüterin mich fortschicken möchte . . .«
Sie wollte sagen: Bleiben Sie noch etwas. Sie sind doch eben erst gekommen. Statt dessen stand sie auf und sagte:
»Ich begleite Sie.«
»Dann müssen Sie allein in der Dunkelheit zurückgehen –«
»Ich fürchte mich doch nicht. Alles hier ist vertraut und freundlich – jedes Geräusch, jeder Weg, jeder Baum. Ich bin von Freunden umgeben . . .«
Er öffnete die Tür.
Sie nahm die Laterne, in der eine Kerze matten Lichtschimmer verbreitete.
»Sie erinnern mich an die ›Dame mit der Lampe‹, an Florence Nightingale, die nachts mit ihrem Licht zwischen den Verwundeten und Sterbenden des Krimkrieges umherging.«
»Wenn ich bloß so ein nützliches Leben geführt hätte wie sie, aber ich habe nichts gelernt.«
Die mächtigen Holzscheite glühten im Hallenkamin. Die zwei kleinen Lampen zu Füßen der Treppe ließen die Geranien wie künstliche Blumen grellrot leuchten. Die Lampe auf dem Eichentisch spiegelte ihre bunte Fülle auf der spiegelglatt polierten Platte.
Er blieb einen Augenblick stehen, blickte auf die

zwei Sessel zu beiden Seiten des Kamins. Sie bemerkte sein kaum merkbares Zögern, ging langsam weiter, dem offenen Portal zu, vor dem die Sommernacht duftend stand.

»Spukt es hier wirklich nie, Noella? Jedes respektable alte Schloß hat doch seine Hausgespenster.«

»Wenn ich Mabels Geschichten glauben würde – ja –, sogar unzählige«, antwortete sie. »Aber ich habe nie etwas gehört.«

Der schwache, zitternde Laternenschein huschte vor ihnen her, über die Terrasse.

Er legte seinen Arm leicht um ihre Schultern: »Damals, in Rom, sagten Sie, die Lichter der Stadt wären wie Glühkäfer im Sommernachtstraum. Und ich – habe in all den Jahren davon geträumt, daß Sie einmal, einmal Julias beruhigende Worte zu einem besorgten Romeo sprechen würden: ›Es ist die Nachtigall und nicht die Lerche‹ – jetzt singt die Nachtigall, und ich muß wieder Abschied von Ihnen nehmen . . .«

»Vielleicht ist es besser zu träumen –«

»Nicht immer, Noella, nicht immer –«

Sie dachte bestürzt, wie kurz ist der Weg bis zur Landestelle. Nur ein paar Schritte, und in Wirklichkeit ist es doch eine halbe Meile. Der Rückweg wird wieder eine halbe Meile lang sein – und viel länger scheinen. Die Feuchtigkeit umfing sie wie ein kühler Mantel. Nur ihre Schultern waren warm, dort, wo sein Arm ruhte.

Er blieb neben dem Schild stehen, das Unbefugten den Zutritt bei Strafe untersagte.
»Ich zahle lieber meine Strafe jetzt – wer weiß, ob ich je dazu komme, sie zu bezahlen . . .«
Er küßte sie leicht auf Stirn und Wange, hielt sie einen Augenblick im Arm.
Dann sprang er in das Boot.
Der Motor begann zu surren – die Bordlichter flammten auf, warfen grellweißen Schein auf das Meer, das leise, wie schlafend, atmete.
»Vergessen Sie nicht, daß ich Sie genauso liebe wie damals, vielleicht noch mehr«, rief er über den Motorenlärm hinweg, als das Boot sich entfernte.
Sie hob grüßend die Laterne.
Hörte er noch, daß sie auf Wiedersehen sagte?
Sie blieb stehen, bis der Schein der Lampen im nächtlichen Dunst erloschen war und das Tukkern des Motors wie dumpfe Herzschläge verklang, bis nichts mehr zu hören war als der zärtliche Gesang der Nachtigallen und das sanfte Vorwärtstasten kleiner Wellen auf dem Sand, die sich zur Flut rüsteten.
Als sie die Eiche erreichte, auf der Nero seine Nächte verbrachte, hob sie die Laterne empor, sagte zu dem schläfrig blinzelnden Vogel:
»Er ist fort, Nero – es war gut, daß er gekommen ist, oder hätte er hierbleiben sollen, bis die Nachtigall zu singen aufhört?«
Mabel erwartete sie im Schlafzimmer, half ihr

schweigend beim Auskleiden, wünschte gedämpft gute Nacht und ließ sie allein. – Zu Jonson, der schon im Bett lag, sagte sie nachdenklich:
»Ich hätte eigentlich gedacht –«
»Was ist los?« fragte er unwirsch.
»Nichts – nichts –«
Jonson murmelte Unverständliches, drehte sich im Ehebett um und war eingeschlafen.
Die Arbeiter erschienen wenige Tage später und begannen ihre Tätigkeit im Zeitlupentempo mit Hämmern, Zurufen und endlosen Teepausen, die sie mit religiöser Beharrlichkeit abhielten.
Das Ergebnis ihrer Arbeit war eine schmale hölzerne Treppe an Stelle der alten Treppe, deren Trümmer sie im Freien aufhängten, einige neue Fenster in den unteren Zimmern, einige neue Türen. Dann traten sie die Rückfahrt unter Hinterlassung von Scherben, Mörtel, Nägeln, zerbrochenen Bierflaschen, Papier und Draht an. Mabel bemerkte, daß sie ihnen ›Verschiedenes‹ aus der Vergangenheit des Schlosses erzählt hätte:
»– sonst wären sie noch immer hier. Iren kann man mit Spukgeschichten leicht vertreiben«, fügte sie sachlich hinzu.
Die Ereignisse in der Außenwelt erreichten Clarence nur mit erheblicher Verspätung, wenn das Vorratsboot am Wochenende kam. Auch wenn man sie rechtzeitig erfahren hätte, wäre nichts zu ändern gewesen.

Der Fischer, der bisher Proviant gebracht hatte, erklärte eines Tages, daß er zum letzten Male käme, da er eingezogen würde. Er hätte jedoch einen älteren Kollegen mit der Versorgung betraut.
»– Und ich wollte gerade jetzt für meine Missus ein Badezimmer anbauen, statt dessen muß ich in den Krieg. Und der Fußball-Länderkampf ist auch abgesagt worden – alles wegen dem William.«
Er brachte mit den Vorräten und eine Woche alten Zeitungen auch drei Briefe. Der eine war von Clover, der ihr dringend riet, die Insel zu verlassen und nach London zu kommen. Der andere Brief war vom Kriegsministerium, in dem sie ersucht wurde, ihren Wohnsitz aufzugeben, solange unmittelbare Kriegsgefahr bestünde, da man ihr keinerlei Schutz gewähren könnte.
Den dritten Brief, mit einer vertrauten Handschrift, las sie später. Er enthielt nur wenige Worte:
»Ich küsse Sie noch einmal – natürlich nur zur Buße für unbefugtes Betreten Ihres Besitztums – und danke Ihnen für die kurzen Inselstunden, die Sie mir geschenkt haben. Wenn das Schicksal es erlauben sollte: *au revoir*.«
Sie legte den Brief zu dem Veilchenstrauß und einem vergilbten Briefumschlag, der eine indische Briefmarke trug.
Es schien, als wäre die Insel Grey jetzt wirklich

die imaginäre ›Insel Irgendwo‹ ihrer Kinderzeit – als läge sie in einem fernen Ozean, vielleicht sogar auf einem anderen Planeten. Sie war eine Welt vollkommener Stille und Abseitigkeit, und jetzt, wo sie oft vom dichten Opalgewand des Nebels umfangen war, von Außenwelt, Lärm und Leid und Massentod entfernt.

An klaren Tagen sah sie zuweilen in der Ferne, spielzeugwinzig, die dunklen Schatten von Kriegsschiffen langsam am Horizont entlangziehen, hörte gedämpftes Grollen, einen Einschlag, dessen Echo leise mahnend an den uralten Mauern verklang.

Das Vorratsboot kam selten und unregelmäßig. Die Lebensmittel wurden knapp, waren rationiert.

Aber Jonson hatte im Garten und Mabel in der Vorratskammer so gut vorgesorgt, als erwarteten beide eine jahrelange Belagerung.

Mrs. Cullins strickte jetzt Socken und Halstücher für die Truppen, hin und wieder auch Westen, nach einer Vorlage, die Mabel von ihrer Mutter geerbt hatte, als die Männer in den Burenkrieg zogen.

»Krieg ist nicht nur böse, sondern auch häßlich«, bemerkte sie zuweilen, wenn sie die braungelbe Wolle zur Hand nahm, »wenn man sonst nichts tun kann, muß man die armen Jungen wenigstens warmhalten.«

Zu ihrem Erstaunen fand sie eines Morgens die

kleine Kanone von ihrer dichten Efeuhaube befreit und frisch geschwärzt.
Mabel war etwas verlegen, als sie sie befragte:
»Mr. Jonson dachte, daß man ein Kriegsgerät zu solcher Zeit nicht verstecken darf. Leider gibt es dafür nur noch wenige Kanonenkugeln für den Notfall. Mr. Jonson hat sie gut aufbewahrt. Man kann nie wissen, Madam.«
Mrs. Cullins Antwort war unerwartet und wurde von Mabel beanstandet, wenn auch nur in Gedanken:
»Schade – ich hatte mich an sie gewöhnt. Sie wird sicher im Winter frieren. Im übrigen, Mabel: Wenn auch die ganze Welt miteinander Krieg führen sollte, solange ich hier bin, wird kein Schuß abgefeuert.«
Der Krieg ging weiter, obwohl man gehofft hatte, ihn bis Weihnachten 1915 spätestens zu beenden. Jetzt erwähnten die Zeitungen an versteckter Stelle, daß es ein langer Kampf sein würde.
Sie hörte nur selten von Elpington. Immer nur wenige Worte, ein Gruß, gute Wünsche. Kurz vor dem zweiten Kriegsherbst teilte er ihr mit, daß er vielleicht kurzen Urlaub bekommen und sie besuchen würde. Aber Wochen vergingen wieder, ohne daß sie von ihm hörte. Sie las von schweren Gefechten, von taktischen Rückzügen, von Regen und Kälte.
In manchen Nächten vermeinte sie das Klopfen eines Motorbootes zu hören – aber es waren nur

die Schläge ihres Herzens in der tiefen Stille oder das Klappern einer vom Wind bewegten Tür.
Ein Beobachtungstrupp von einem Dutzend Mann und einem Unteroffizier wurde für kurze Zeit im alten Schloßteil einquartiert. Sie spielten täglich auf der Wiese nahe dem Dorf Fußball und patrouillierten ernsthaft, wie Knaben, die Indianer spielen. Auf Lagerfeuern brauten sie sorgsam Tee, während ein Mann mit Feldstecher das Meer beobachtete. Und eines Tages zogen sie wieder ab. Es fiel ihr auf, wie kindhaft jung diese Soldaten waren. Oder lag es etwa daran, daß die alte Redensart sich bestätigte, ein Mensch wäre erst wirklich alt, wenn Polizisten ihm besonders jung erschienen?
Kurz vor Weihnachten brachte der Bote nebst Vorräten und veralteten Zeitungen einen Brief.
Sie erschrak, als sie den Poststempel und den unbekannten Absender auf dem Umschlag sah.
Er kam aus London, von einem Anwalt, der seinem Begleitschreiben einen zweiten Brief beigefügt hatte, in dem er ihr mitteilte, daß Sir Elpington ihn beauftragt hätte, ihn ihr im Falle seines Todes zu senden:
»Sir Anthony, Albert Richard Elpington ist vor sechs Wochen bei einer Frontinspektion gefallen, wovon wir erst heute Nachricht bekommen haben.«
Elpington hatte den Brief nach seinem Besuch und vor seiner Abreise nach Frankreich im Juli

1914 geschrieben. Er war kurz, wie alle seine Briefe: »Es ist möglich, daß ich meinen Urlaub nicht bei Ihnen verbringen darf, wie ich hoffe und wünsche. Sondern in jenen unbekannten Regionen, die uns zwar verlockend verheißen wurden und in denen man sich wiedersehen soll – vorausgesetzt, daß alles stimmt, was man uns einmal gelehrt hat. Ich werde jedenfalls auch dort auf Sie warten, wo immer dies auch ist. Und werde selbstverständlich versuchen, Ihnen entgegenzukommen, denn wie lange und wie beschwerlich dieser Weg ist, wurde uns nicht mitgeteilt. Leben Sie friedlich weiter wie bisher. Nur dies hat Sinn, denn es ist uns armen Einzelmenschen leider nicht gestattet, den Lauf der Weltgeschichte zu bestimmen.«
Sie legte den Brief zu den anderen, als wäre er ein fragiles, lebendiges Etwas, als hielte sie eine längst verklungene Stimme in Händen.
»Es war eben doch zu spät. Nun müssen wir wieder warten, *my darling*«, sagte sie leise vor sich hin. Sie blickte aus dem Fenster.
In wenigen Wochen würden die ersten Schneeglöckchen blühen. Bald würde der alte, ewig junge Frühling kleine bunte Tulpen auf dem Rasenrondell entzünden, die sie ihre Laternen nannte.
Bald würde, über Nacht, der Flieder in voller Blüte stehen und die alten Steinvasen der Terrasse das flammende Rot der Geranien tragen.
Bald würde die wintermüde Nachtigall zu singen beginnen, als ob es weder Sterben noch Tod gäbe.

Bald würde sie wieder am Ufer sitzen und auf die Pracht der Seerosen blicken – und auf das kleine Herz, das zwei Buchstaben und ein Datum enthielt. Eines Tages kam der Bote und brachte die Nachricht vom Friedensschluß.
Der Frieden kam, diese kurze Pause nach einer allzu rasch vergessenen Menschheitstragödie.
Es war die Neuzeit, die Unruhe in ihr geruhsames Dasein trug.
Und zwar hatte es sich in der Hafenstadt herumgesprochen, daß auf der Insel nicht nur eine geheimnisvolle Schloßruine zu sehen wäre, sondern daß dort auch eine geheimnisvolle Frau lebte. Einige Menschen wollten Genaues über sie wissen, andere behaupteten, sie wäre längst gestorben, wieder andere, sie wäre noch am Leben, sonst würde das Vorratsboot nicht seine Fahrt zur Insel antreten. Fragen, die man an den Fischer richtete, der dies Amt versah, wurden von ihm mit Achselzucken und Schweigen beantwortet. Sie wurde noch zu ihren Lebzeiten eine Legende. Unfolgsamen Kindern wurde gedroht, man würde sie auf der Insel ›bei der bösen Frau‹ aussetzen. Die Jugend jedoch wollte sehen, was an diesen Gerüchten wahr sei. Es wurde Mode, wurde Sport, die Insel Grey zu umsegeln und insgeheim irgendwo zu landen, ohne von dem wachsamen Jonson vertrieben zu werden, ein paar Stunden herumzustreifen und dann zu fliehen. Die Jugend jener Zeit, aufgewachsen in

kargen Kriegsjahren, spielte, was Mrs. Cullins in ihrer Jugend gespielt hatte: sie suchte die Insel Irgendwo, spielte Robinson, aber eines Tages nahm dieses Spiel ein unerwartetes Ende, als Jonson ein paar junge Leute, die gerade gelandet waren, ins Wasser warf.

Das Vorratsboot brachte diesmal außer Reis, Grieß, Mehl und Zucker eine Gerichtsvorladung für Mrs. Cullins und Jonson.

Sie ließ sich durch den widerstrebenden Clover vertreten, der seit Jahren Böses vorausgesagt hatte, zahlte eine ansehnliche Strafe für etliche blaue Flecke und Beulen und verlor die Gegenklage wegen Sachbeschädigung, ausgerissener Büsche und Blumen und Einwerfen der letzten noch vorhandenen Fensterscheiben im Erdgeschoß.

Zwar wurde die Insel noch umsegelt, zuweilen landete man auch insgeheim. Dann gab es andere, verlockendere Spiele, und nur selten wurde unfolgsamen Kindern mit der Inseldame gedroht.

Der ruhige Rhythmus ihres Daseins, der so innig verbunden war mit dem Ablauf der Jahreszeiten, schien sich zu beschleunigen.

Die Zeit stürmte vorüber.

Was gestern gewesen zu sein schien, lag mit einem Male ein Jahrzehnt zurück.

Kaum hatten die Schneeglöckchen geblüht, als schon der Flieder duftete, kaum blühten Tulpen

und Rosen, da färbten sich schon die Blätter in der köstlich bunten Symphonie des Herbstes, und die Bäume hoben kahlgraue Arme zum Himmel empor, als wollten sie ihn anflehen, den Frühling bald wieder zu senden.
Als sie eines Tages den Raben Nero zu Füßen der Eiche fand, die sein Quartier gewesen war, sagte sie zu dem kleinen schwarzen Federbündel:
»Alter Freund, ich habe nie daran gedacht, daß du mich verlassen könntest . . .«
Jetzt, wo sie nicht mehr, wie in langen Kriegsjahren, warme Halstücher und Socken für die Truppen stricken mußte, hatte sie sich wieder ihrer Stickerei zugewandt. Kleine Meisterwerke entstanden im Stickrahmen, fremdartige Blumen und Ranken, die nicht auf ihrer Insel wuchsen, sondern von ihren Reisen und ihrem Leben in fernen Ländern in Erinnerung geblieben waren. Und zwischen dem Exotischen entstand immer wieder ein Veilchenstrauß.
Dachte sie zuweilen, wie lange diese stille Freude an ihrem Dasein dauern würde?
Spürte sie die Last ihrer Jahre?
Merkte sie, daß ihre Schritte langsamer wurden?
Als sie eines Tages, auf ihrem Nachmittagsspaziergang, in der kleinen Kapelle ausruhte, obwohl das Schloß nur wenige Schritte entfernt war, sagte sie zu dem Gekreuzigten, über dem der einstmals blaßgraue Himmel längst nicht

mehr blau, die altersgraue Taube längst nicht mehr sichtbar war:
»Du siehst alles zugleich – du allein überblickst Vergangenheit, Gegenwart und Zukunft – du allein weißt, wie lange meine Wartezeit dauern wird – und wie schön diese Wartezeit noch immer ist . . .«
Ihr blondes Haar war grau geworden. Sie war noch schlanker als früher. Sie war nicht etwa schwach, nur spürte sie zuweilen eine tiefe Müdigkeit, deren Ablauf sie ausruhend erwartete. Ihre Freude an der Natur, am Getier, dem ihre Insel Schutz und Heimat war, blieb lebendig wie am ersten Tag ihres Hierseins.
Sie hatte das sechste Jahrzehnt längst vollendet, als Mabel eines Tages bemerkte, daß »dort drüben wieder ein Mann wäre, der Krieg führen will – diese Deutschen geben keine Ruhe.«
Mrs. Cullins runzelte die Stirn.
»Aber Mabel, wir haben doch eben erst Krieg geführt, damit es künftig nie wieder Krieg geben kann –«
»Das war vor über zwanzig Jahren, Madam. Wenn Madam die gestrige Zeitung gelesen hat, dann –«
»Man müßte eine Zeitung abbestellen, die solchen Unsinn bringt.«
Mrs. Cullins blickte ihre alte Dienerin an.
Mabels Gestalt war leicht vornüber gebeugt, ihr Gesicht von einem dichten, zarten Faltennetz

überzogen, als wären alle Wege, die sie für ihre Herrin in all diesen Jahren zurückgelegt hatte – die langen Wege zum Brunnen, durch die Bildergalerie, die Korridore, die Wege vom ›Thronsaal‹ mit dem Irdischsten der Menschen zum Feld – vom Griffel der Zeit sorgsam vermerkt.

»Sind Sie ganz sicher, daß Sie richtig gelesen haben? Wahrscheinlich haben Sie eine alte Zeitung erwischt, Mabel.«

»Nein, Madam. Sie ist vom 25. Juli 1939, Madam. Ich habe auch schon mit Mr. Jonson besprochen, daß wir uns mit Vorräten eindekken müssen. Obst und Gemüse haben wir genügend eingeweckt. Die Zeit vergeht so schnell, Madam. Meine Großmutter hat mir oft erzählt, wie Lady Haley Clarence an ihrem hundertsten Geburtstag gesagt hat, sie wäre doch eben erst ein junges Mädchen gewesen. – Als Madam mich in Ihren Dienst nahm, war ich eine junge Frau. Vorige Woche hatte ich meinen fünfundfünfzigsten Geburtstag. Mir kommt es vor, als wären die jungen Soldaten von damals erst gestern hier gewesen –«

Mrs. Cullins blickte vor sich hin, sagte dann mit einem Male:

»Bin ich eigentlich sehr anspruchsvoll gewesen, Mabel?«

»Oh, Madam, ich hätte so gern viel mehr für Madam getan. Aber Madam hatten immer zu

wenig Wünsche und haben Mr. Jonson und mich stets so großmütig entlohnt.«
»Ich weiß, das Wasserschleppen für mein Sitzbad war immer besonders schwer, deshalb habe ich es auf einmal in der Woche beschränkt. Und jetzt gebe ich es ganz auf – es ermüdet – Sie und mich – uns beide . . .«
»Ich tue alles so gern, Madam –«
»Ich weiß – aber es ist zu anstrengend. – Übrigens werden Sie beide nach meinem Tod sorglos leben können – hier oder drüben, ich habe längst alles angeordnet.«
»Ich möchte diesen Tag nicht erleben –«
Mrs. Cullins tat etwas, das sie in all diesen Jahren nicht getan hatte.
Sie erhob sich, legte ihre Hände, deren Haut ein wenig locker um die Gelenke geworden war, auf Mabels Schultern:
»Was wäre ohne Sie aus mir geworden, meine alte Freundin?«
Mabel war zuerst sprachlos, dann sagte sie leise:
»Madam hat mir heute das schönste Geschenk meines Lebens gegeben –«
Und in der Küche sagte sie zu Jonson:
»Sie war heute *zu* freundlich zu mir. Das ist ein schechtes Zeichen. Hoffentlich wird sie uns nicht krank.«
»Nonsens. Sie arbeitet wie eine junge Frau im Garten. Neulich hat sie sogar neue Blumenbeete angelegt. Und wenn sie all den Samen sät, den

sie bestellen will, müssen wir den Garten vergrößern.«
Mrs. Cullins schien es, als wäre nur eine kurze Zeitspanne seit jenem anderen Sommermorgen vergangen, an dem Mabel zum ersten Male den Krieg erwähnt hatte. – Jetzt sprach sie wieder einmal davon.
Und wieder einmal waren beide Jonsons eifrig damit beschäftigt, Vorräte zu beschaffen, aufzustapeln, einzukochen und zu dörren, ohne jedoch ihre Herrin mit diesen Vorbereitungen zu beunruhigen, denn sie behüteten den geruhsamen Ablauf ihrer Tage.
Der Sommer verglühte mit seinen Freuden an Blumen, Vögeln und Stille. Schon begannen die Hummeln in den goldenen Gesichtern der Sonnenblumen eifrig zu ernten, und der Flug der Bienen wurde langsamer, da sie sich auf den Winterschlaf vorbereiteten.
An einem strahlend warmen Sonnentag, der wie ein Abschiedsgruß des sterbenden Sommers war, erschien der Sohn des Fischers, der sie während des letzten Krieges versorgt hatte, und meldete, daß der Krieg wohl schon morgen beginnen und er eingezogen würde. Er war verärgert und mürrisch:
»Fangen Krieg an einem Sonntag an. Ich habe schon meinen Befehl bekommen und muß morgen zum Regiment, wo ich eben angefangen hatte unseren Garten umzugraben, weil meine

Missus ihr viertes erwartet. Und das Fußballspiel für heute nachmittag ist auch abgesagt worden. Warum kann DER MANN in Deutschland keine Ruhe geben? Warum wollen diese Deutschen immer mehr haben?«

Mrs. Cullins blickte ihn nachdenklich an.

Er war jung und schlank und sonngebräunt und aufgebracht über die Störung seines kleinen Lebens.

Würde er wiederkehren, um sein viertes Kind zu sehen, oder würde an seiner Stelle ein Telegramm mit der traditionellen Phrase kommen?

»Ich habe das alles schon einmal gehört – warum wiederholt sich bloß die Weltgeschichte immer wieder . . .«

Sie gab ihm ein reichliches Geldgeschenk, wünschte ihm Glück und dachte dabei: All das habe ich schon einmal gesagt.

Sie ging zum See, saß lange Zeit am Ufer.

Das kleine Herz mit den zwei Buchstaben und dem Datum, 8. 7. 14, war vernarbt. Sie entfernte einen Moostupfen, der die Herzspitze bedeckte.

Und dann wiederholten sich alle Geschehnisse der Vergangenheit mit bestürzender Hast.

Ein anderer Fischer übernahm die Versorgung.

Ein Dutzend Soldaten mit einem Unteroffizier wurde im alten Schloßteil einquartiert, eine andere Soldatengeneration spielte Fußball, ging ernsthaft auf Patrouille, braute Tee auf Lagerfeuern – verschwand wieder.

Wieder einmal wurde sie ersucht, die Insel für die Dauer des Krieges zu verlassen, wieder lehnte sie ab.
Dann ersuchte man sie, ihre Fenster zu verdunkeln – und zu ihrem Erstaunen hatte Mabel bereits auch dafür vorgesorgt. Die hohen Fenster wurden abends mit Holzrahmen ausgefüllt, die mit dickem schwarzem Tuch bespannt waren.
Als sie wieder begann, Socken und Halstücher für die Truppen zu stricken, sagte sie bloß, daß Krieg nicht nur grausam, sondern auch häßlich wäre.
Nach dem Überfall auf Frankreich landeten französische Flüchtlinge auf der Insel und wohnten eine Zeitlang im alten Teil.
Fremde Kinder lärmten im Park und wurden von Mabel immer wieder von der Terrasse verscheucht. Es roch nach Zwiebeln und Knoblauch. Ein alter Mann starb, Jonson mußte das Grab für ihn ausheben, denn es gab drüben jetzt anderes zu tun, als Tote fortzubringen – wo Menschen zu Tausenden starben. Und eines Tages wurden die Fremden abgeholt, um in der Hafenstadt untergebracht zu werden.
Wieder einmal sah sie, wie vor Jahrzehnten, in der Ferne die dunklen Schatten von Kriegsschiffen, hörte den Einschlag von Bomben, sah nachts rote Flammen zum Himmel emporflakkern.

Und einmal schwebte ein von seinem Londoner Kabel abgerissener Abwehrballon über die Insel, silbern schimmernd, wie ein Elefant geformt.
Eine Bombe fiel auf die Trümmer von Dorf Clarence.
Eine Zeitlang konnte das Vorratsboot nicht mehr herüberkommen, und als es endlich erschien, erklärte der Fischer, es wäre seine letzte Fahrt, denn Minen wären im Hafen gelegt worden, und er wolle nicht mit Reis, Nudeln und Tageszeitungen in die Luft gesprengt werden.
»Wenn Sie in Gefahr geraten, müssen Sie Raketen abfeuern, dann kommt jemand, läßt Ihnen der Hafenkommandant sagen. Es kann ja sein, daß die Hunnen herüberkommen. DER MANN ist schon in Calais . . .«
Die Zeitungen, die er mitbrachte, berichteten nur von schweren Niederlagen und Rückzügen englischer Truppen – aber auch, daß man den Krieg trotz allem gewinnen würde. Mabel bemerkte, daß die Insel wohl bald vom Feind besetzt werden würde.
»Ich verbiete Ihnen, so etwas überhaupt zu denken«, sagte Mrs. Cullins, und Mabel konnte ihre Befürchtungen nur Jonson gegenüber äußern, der gerade jetzt von morgens bis abends im Garten tätig war, in dem Mrs. Cullins stets einige Zeit bei ihren Rosen verbrachte,

um sich, wie sie sagte, von der häßlichen braungelben Wolle zu erholen. Denn wenn Jonson auch den ganzen Garten in Gemüsebeeten angelegt hatte, so waren doch seine besonderen Rosen und Mrs. Cullins' Rosenecke unberührt geblieben.

Eines Tages erschien Mabel und meldete, der Feind wäre gelandet:

»Jonson bewacht ihn am Ufer, Madam – er ist sehr naß, ein abgeschossener Flieger.«

»Jonson soll ihn herbringen, seine Kleider trocknen, und Sie geben ihm Tee und etwas zu essen.«

Mabel blieb an der Tür stehen, ohne sich zu rühren:

»Wenn unsere Jungen drüben in Gefangenschaft geraten, werden sie in Ketten gelegt oder erschossen, Madam.«

»Ich glaube nicht, daß man die Welt verbessern kann, indem man sich so barbarisch benimmt wie andere Menschen.«

Mabel sah dies nicht ein, sagte jedoch bloß:

»Sehr wohl, Madam –«

Später ging Mrs. Cullins in die Küche.

Der junge Mann hatte Hemd und Hose von Jonson angezogen, sprang auf und salutierte. Sie versuchte, sich an ein paar deutsche Worte zu erinnern, die sie früher gelernt hatte, als sie kurze Zeit dienstlich mit Cullins in Österreich gelebt hatte.

»Wir müssen die Behörden verständigen, damit man Sie abholt.«
Die Wirkung ihrer Worte war unerwartet.
Der junge Mann wurde blaß, bat ängstlich, hierbleiben zu dürfen, bot sich als Arbeiter an, sein Vater wäre Schreiner, er könne allerlei zimmern und reparieren.
Sie dachte, vielleicht hat sein Vater damals die Kugel abgefeuert, die Tony traf.
»Sie brauchen keine Angst zu haben, Kriegsgefangene werden bei uns *immer* gut behandelt.«
»Wirklich?«
»Ja, wirklich.«
»Ich hole die Raketen, Madam«, sagte Jonson, der den Feind mit dem Ausdruck eines Mannes im Auge behielt, als habe er nicht einen jungen Flieger, sondern eine ganze Kompanie gefangengenommen.
Später half der Deutsche eifrig, wie ein verspielter Knabe, die Raketen abzufeuern.
Wenige Stunden später erschien das Motorboot mit dem alten Fischer.
»Die drüben haben gedacht, jemand sei krank geworden, und haben mich durch das Minenfeld gelotst. Sie bringen mich auch wieder zurück – na, dann nehme ich eben den da mit.«
Der Flieger wandte sich zu Mrs. Cullins, schlug die Hacken zusammen, streckte den rechten Arm aus und sagte laut:
»Ich danke auch für die Bewirtung, Heil Hitler!«

Als das Motorboot abgefahren war, bemerkte Jonson nachdenklich:
»Wissen möchte ich, was die dort drüben mal anheilen werden, wenn DER MANN tot ist –«
Dies Ereignis war ihre einzige flüchtige Berührung mit dem Zweiten Weltkrieg.
Mitten in einer Welt, die starb, litt, kämpfte, lebte sie, wie Millionen Menschen in anderen Ländern nicht leben durften – in tiefstem Frieden. Nur der rote Flackerschein am Horizont oder ein dumpfer Einschlag in der Ferne erinnerte sie daran, daß Zerstörung und Leid noch immer nicht beendet waren.
Aber eines Tages erschien das Motorboot, brachte spärliche Vorräte, und der Fischer meldete, daß Frieden sei.
Dies änderte nichts an ihrem Dasein, das in denselben Bahnen weiterglitt wie seit einem Menschenalter.
Die Zeit war nicht spurlos an ihr vorübergegangen.
Sie fand jetzt zuweilen den Weg zum Seeufer oder zum kleinen Roseneck zu anstrengend und blieb an warmen Tagen auf der Terrasse sitzen.
Bemerkte sie wohl, daß der Gesang der Vögel leiser geworden war?
Wußte sie, warum die Pracht der Blumen von ihrer Leuchtkraft verloren hatte und wie von einem feinen grauen Schimmer überzogen war,

als hätte sich der frühmorgendliche Dunst noch nicht verzogen?
Wunderte sie sich, warum sie sich jetzt tief zu ihren Rosen herabbeugen mußte, um Duft und Farbe zu erfassen? Oder nahm sie dies alles hin wie das Welken und Vergehen von Sträuchern, Blumen und Pflanzen, weil sie ganz verschmolzen war mit dem Ablauf der Jahreszeiten, so daß sie auch den eigenen Lebenswinter als Naturgesetz erkennend hinnahm?
Sie legte jetzt öfters Buch oder Stickerei beiseite, lehnte den Kopf zurück, schloß die Augen.
Hin und wieder bemerkte sie zu Mabel, wie wunderbar glücklich ihr Leben auf der Insel gewesen wäre.
Ahnte sie wohl, daß sie sich langsam von diesem geliebten Leben entfernte?
Einmal sagte sie zu Jonson, als die Blumen in voller Blüte standen und ihre Teerosen wie blaßgoldene Kugeln an lichtgrünen Stengeln leuchteten, das Obst am Spalier reifte, der leise summende Strom der Bienen in der Luft schwirrte und ein wolkenloser zartblauer Sommerhimmel sich über die Insel wölbte, daß sie sich das Paradies so vorstellte wie diesen Tag – wenn es ein Paradies geben sollte.
Jonson wiegte bedächtig seinen Kopf:
»Ja – aber gibt es dort wohl einen Garten, wie wir ihn gern haben, Madam? Man kann doch schließlich nicht eine Ewigkeit lang fromme Lie-

der singen, wie Mabel behauptet. Ohne einen Garten wie diesen könnte ich nicht leben.«
»Wenn es ihn nicht geben sollte, so legen Sie eben einen englischen Garten an. Ich bin sicher, daß niemand etwas dagegenhat.«
Jonson half behutsam einem jungen Zweig der blutroten Trophaelum, Halt an der Mauer zu finden, richtete sich auf, blickte sie an:
»Madam weiß sicher mehr als unsereiner – aber ohne einen Garten würde es kein Paradies für mich geben.«
Mrs. Cullins ahnte nicht, daß Mabel sich nicht nur um Jonson sorgte, der in den letzten Jahren gebrechlicher geworden war, sondern auch um ihre Herrin.
Es gab einige Anzeichen, die sie beunruhigten.
Unter anderem hatte sich Mrs. Cullins einen Krückstock schnitzen lassen, um Ranken und Winden auf ihren Gängen besser zur Seite biegen zu können – wie sie sagte. In Wirklichkeit benützte sie aber den Stock auch im Schloß und bei kleinen Gängen auf der Terrasse. Im Park umherzugehen fiel ihr nicht mehr so leicht, denn Jonson war nicht imstande, ihn in Ordnung zu halten. Gestrüpp und Dornen, vor allem Efeu, wucherten wieder zwischen den uralten Bäumen, bildeten eine dichte, leise zitternde grüne Mauer, die das Schloß umgab und näher zu rükken schien. Die Steintiger trugen längst wieder ihre Efeuschabracken, und ihre grauweißen

Köpfe, die noch eine Zeitlang sichtbar gewesen, waren verborgen.
Der dichte grüne Moosteppich tastete sich wieder zu den Terrassenstufen empor.
Vergißmeinnicht und Leberblümchen blühten in den Mauerspalten des Schlosses. Wilder Wein, der zuletzt nur die Fenster im Erdgeschoß umfangen hatte, war zum oberen Stock emporgeklommen. Vögel nisteten dort zu ihrer Freude im Frühjahr.
Es schien, als wolle das Gerank das alte Gebäude unsichtbar machen, in den Erdboden hinabziehen, einen Hügel errichten, in dessen verzaubertem Frieden drei alternde Menschen ihr kleines Leben still zu Ende lebten.
Nur selten brach die lärmende Außenwelt in die Inselstille.
Aber Mrs. Cullins hörte dies nur, wenn sie in nächster Nähe war.
Als einmal ein junges, spärlich bekleidetes, sonngebräuntes Liebespaar bei ihrem Gang zum See im Urwaldgestrüpp auftauchte, sagte sie bloß lächelnd: »Sommernachtstraum – dauert nicht lange –«
Es erreichte sie nicht, als das Mädchen erschrokken ausrief: »Sieh mal, die Alte!«, ehe sie verschwanden.
Wie damals, nach dem Ersten Weltkrieg, hörten unerwünschte Besuche bald auf.
Ein verwachsener Park, ein verfallendes Schloß

besaßen keine Anziehungskraft in einer Zeit, die Chrom, Glas, Jazz und Jive liebte, die fremdartige Gesänge schrie, ohne zu wissen, daß es die Sehnsuchtslieder verschleppter Negersklaven waren – eine Generation, die etwas nachholen wollte, was sie glaubte versäumt zu haben, ohne jedoch zu wissen, was es war.
Nur betagte Bewohner sprachen noch von ihr als von der ›Insel-Frau‹, der ›Königin von Grey‹ – und auch dann nur selten.
Eine dritte Generation von Fischern versorgte sie mit dem kleinen, asthmatischen Motorboot ›Mary-Ann‹, das vor Jahrzehnten Mr. Smith, Mrs. Cullins und Sally an einem Frühjahrsmorgen zum ersten Male herübergebracht hatte.
Rechtsanwalt Clover, der den Kauf mißbilligte, hatte die Aktenbündel Lawson-Cullins betreffend seinem Enkel übergeben und sein Büro und diese Welt verlassen.
Und dann kam eine Zeit, die Mabel gefürchtet hatte.
Mrs. Cullins vermochte nicht mehr ihr Zimmer zu verlassen.
Sie erklärte es damit, daß sie lieber am Fenster säße, um ihre Vögel zu beobachten.
Da war besonders ein Schwalbennest mit Jungen inmitten der Weinranken, das ihre Aufmerksamkeit in Anspruch nahm, sowie mehrere Eichhörnchen, von denen jedes seinen Namen hatte.
Selbst an sehr warmen Tagen saß sie, die auf dem

Festland so etwas wie eine legendäre Gestalt geworden war, in Decken gehüllt am Fenster. Ein ungelesenes Buch, eine unvollendete Stickerei lagen neben ihr, auch die Uhr mit dem Schäferpaar stand auf dem kleinen Tisch, damit sie den Tanz sehen und vielleicht ein paar Töne des alten Liedes erhaschen konnte.

Hin und wieder versuchte sie auszurechnen, wie viele Tage sie auf ihrer Insel verbracht hatte.

Tausende, aber Tausende?

Sie vermochte nie eine genaue Zahl zu errechnen.

Ein langer, herrlicher Tag und eine lange, ruhige Nacht, entschied sie immer wieder.

Auch jetzt, da ihre Müdigkeit sich vertiefte, war sie glücklich im sanften Verklingen ihrer Erdentage.

Sie wärmte sich an der Sommersonne.

Sie lächelte der Buntheit des Herbstes zu.

Sie beobachtete das Herabwehen goldener Blätter, unter denen die Erde den Frühling erwartete.

Sie erfreute sich am zarten Duft der Spätrosen.

An einem kühlen Novembertag, als der Geruch feuchter Erde durch die Fenster ihres Schlafzimmers drang – denn sie bestand trotz Mabels Warnung auf offenen Fenstern –, tastete sie nach der silbernen Glocke, kurz nachdem Mabel das Zimmer verlassen hatte. Es fiel ihr nicht auf, daß Mabel unmittelbar darauf erschien, noch ehe der Glockenton verklungen war.

Sie wußte nicht, daß Mabel jetzt nebenan im Wohnzimmer wachte, seitdem sie einmal erwähnt hatte, daß man sie bald abholen würde. Mabel hatte die Bemerkung zwar nicht verstanden, jedoch nicht gewagt, Fragen zu stellen. Aber sie war beunruhigt.

Als sie neben dem Bett stand, über das verspielte Schatten vom Flackerschein der Kerzen huschten, sagte Mrs. Cullins:

»Mabel, meine alte Freundin, bitte öffnen Sie die Türen und das Portal«, in dem Augenblick, als das Schäferpaar die siebente Abendstunde verkündete und seinen Tanz beendet hatte.

»Sehr wohl, Madam«, erwiderte Mabel, blieb aber regungslos neben dem Bett stehen.

Die großen Holzscheite knisterten, kleine Funken schwebten empor.

Mrs. Cullins versuchte sich aufzurichten.

Sagte dann, kaum hörbar, mit einem leisen Lächeln, indem sie die Hand ein wenig hob:

»Wie gut, daß Sie mich abholen, Tony. Das Gehen wird mir etwas schwer – aber wenn Sie mich stützen –«

Und dann verließ sie mit ihm, auf den sie wohl sehnsüchtiger gewartet hatte, als sie sich bewußt war, ihr Inselreich, verließ ihre gefiederten Freunde, verließ den Park, verließ Mabel und Jonson.

Nur wenige Jahre noch erschien an ihrem Todestag in der Hafenzeitung eine Anzeige unter der Rubrik

IN MEMORIAM

In dankbarer Erinnerung an eine unvergessene, geliebte Herrin, der wir achtundvierzig Jahre dienen durften.

Mabel und Jonson.

Aber dann erschien auch diese Anzeige nicht mehr.

Mabel und Jonson waren Mrs. Cullins gefolgt.

Mabel, um ihr zu dienen, und Jonson, um einen englischen Garten anzulegen, ohne den es für ihn kein Paradies geben konnte.